당신의
모든
순간들

서문

2008년.

IP라는 말도, 개념도 보편화되지 않았던 그즈음엔, 매체의 포맷에 맞추지 않으면 작가들이 세상에 자신의 이야기를 전달할 방법이 없었습니다.

회당 70분으로 16부작, 20부작, 24부작의 드라마 포맷, 2시간짜리 영화, 80분짜리 애니메이션, 12분짜리 TV 어린이 애니메이션, 혹은 출판 가능한 소설.

채널도 플랫폼도 한정되어 있던 그 환경에서 신인 작가들의 빛나는 이야기는 매체 언어에 맞추느라 이리저리 치이다가 세상에 존재하지 않았던 이야기처럼 사라져 가곤 했습니다. 장르도 한정되었습니다. 한국의 작가에게 바닷속과 우주는 그저 꿈속의 공간일 뿐이었습니다

[올 댓 스토리]는 표현이 투박해도, 매체에 꼭 맞춰져 있지 않아도 본질적 가치가 훌륭한 이야기라면 세상에 나오도록 해보자고, 방법을 찾아보자고 시작한 회사였습니다.

'이야기 산업'이라는 생소한 표현을 세상에 던지고 설득하며 달리는 동안 환경도 무서운 속도로 변했습니다. 웹콘텐츠는 포맷과 장르를 뛰어넘을 수 있게 해주었고, 글로벌 스트리밍 플랫폼은 세계 시장을 직접 마주하게 해주고 있습니다. 생성형 AI를 통해 혼자서 영화를 만들 수 있는 날도 그다지 멀지 않은 것 같습니다.

넓어진 시장, 점차 빨라지는 트렌드와 환경의 변화 속에서 이야기 전문기업 [올 댓 스토리]는 또 한 번 새로운 도전을 시작합니다.

[캐비넷99]

100이 아닌, 아직 100이 되지 못한 이야기입니다.

분량은 짧고 묘사는 앙상합니다.

하지만 품고 있는 세계관, 도발적인 캐릭터의 가

능성을 부글부글 품고 있는 이야기들입니다.
 1이 더해지면 완성으로 폭발할 수 있는 이야기를 툭툭 가볍게 세상에 내놓고자 합니다.

 레드오션이 되어버린 웹콘텐츠 시장에서 이야기는 높은 완결성을 요구받고 있습니다. 예전의 미디어들이 그랬던 것처럼 일정한 포뮬라와 컨벤션이 생겼습니다. 작가의 발상으로부터 세상에 나오기까지의 시간이 짧지 않다 보니 발칙한 뾰족함이 원만한 곡선이 되어버리기도 합니다.
 [캐비넷99]는 그 무거움을 벗어 던지고 친구의 어젯밤 꿈처럼, 막내 삼촌이 어릴 때부터 꿈꿨던 끝내주는 이야깃거리처럼 '재미있는 이야기'를 뾰족한 그대로 세상에 내놓고자 합니다.
 1을 더해줄 수 있는 누군가를 기다리는 첫 스텝 [캐비넷99]입니다.

㈜올댓스토리 대표 김희재

차례

저는 당신의 무엇입니까?
9

Stairway to heaven
55

내 머릿속 함무라비
105

저는 당신의 무엇입니까?

제니에게 가장 먼저 문제가 생긴 부분은 청력이었다. 전에는 술에 취해서 혀가 꼬부라진 목소리로 말해도 그간의 경험을 바탕으로 내 말을 인지했는데, 얼마 전부터는 또박또박 발음해도 엉뚱한 대답을 하거나 오작동을 종종 했다.

어제는 제니에게 물을 달라고 했더니 어디서 불이 났냐며 되물었다. 그게 아니라 목이 마르다고 다시 말했지만 역시 알아듣지 못했다. 그래서 에이치투오(H_2O)의 분자식을 가졌으며 인간이 갈증을 느낄 때 마시는 투명한 액체가 필요하다고 말했더니 이런 대답이 돌아왔다.

"정민 씨, '물'이라고 해도 저는 충분히 이해할 수 있습니다."

10센티미터 정도의 원통형으로 출시된 제니는 방 안 어디에 놓든 가전제품과 인터넷에 오토 페어링이 된다. 그때부터 휴대전화와 노트북 카메라는 제니의 눈이 되고, 각종 전자 제품은 제니의 감각기관과 손발이 되는 것이다.

제니 시리즈는 애초에 가정용 AI 제조사 '나이스월드'에서 양산형으로 만든 모델로, 기본 설정된 이름이 제니였다. 그래서 제니는 처음부터 제니였고, 나이스월드의 가정용 AI를 구매한 수많은 사람의 제니였다. 그러므로 굳이 나만의 제니라도 되는 것처럼 새로운 이름을 붙이고 싶지 않았다. 내가 제니의 이름을 부르는 것처럼 제니도 나를 '정민 씨'라고 불렀지만, 그건 내가 생각하는 진정한 이름이 아니었다. 이름에는 그 이름을 지은 사람의 소망이 투영되어야 하기 때문이다. 그런 점에서 나와 제니는 어떤 소망도 투영되지 않은 '음성'으로 서로를 구분한 것이다.

대화 역시 마찬가지다. 겉보기에는 제니와 내가

대화를 주고받는 것 같지만, 실제로는 제니의 '히포콤(hippocom)'이 나의 발화에 반응한 것이다. 그런 점에서 제니는 나만의 유니크한 동반자도 아니고 감정의 교류가 있는 대상도 절대 아니었다. 그런데 제니의 히포콤에 문제가 생겼다.

히포콤은 뇌에서 기억을 담당하는 변연계 해마(hippocampus)와 컴퓨터(computer)의 합성어로 AI의 메모리와 CPU의 통합 기능을 하는 부위다.

세상에는 수없이 많은 제니가 존재하는데, 그 원인은 1인 가구의 증가와 15년 전에 몰아닥친 코로나19이다. 1인 가구의 증가는 인류라는 전체 집합을 개별 원소로 나누었고, 코로나19 때문에 외출이 불편해진 사람들의 '외로움 지수'는 가파르게 상승했다. 이 점을 가장 먼저 간파한 나이스월드에서는 초기 마케팅 단계에서 조사한 가정용 AI 구매 패턴을 '어차피 혼자야' 알고리즘에 적용한 뒤, 이를 1부터 9까지의 숫자로 환산했다. 이 같은 사실은 이것저것 폭로 전문 유튜브 채널 '바로바로'에 의해 폭로됐다.

[나이스월드의 설문 조사는 개인의 외로움 지수

를 환산하는 매우 잔인한 비즈니스다.]

 이런 일도 폭로의 대상이 되냐고 물을 수 있지만, 무엇인가 숨기고자 하는 사실을 숨기고자 하는 주체의 허락 없이 알리는 것을 폭로라고 한다면 충분히 폭로의 자격을 갖춘 셈이다.

 나이스월드의 신속한 언론 대응은 바로바로의 발표가 상당한 폭로였음을 반증했다.

 [외로움을 숫자로 표시해 달라는 것이야말로 설문 응답자를 괴롭히는 행위다. 당신이 그런 질문을 받았다고 생각해 보라. 내가 외로운 존재인지 아닌지 선뜻 판단할 수 있겠는가? 당신이 외로운 존재라고 판단된다면, 그것을 객관적 수치로 환산할 수 있겠는가? 수치로 환산했다면 그것에 대한 확신은 있는가? 플러스마이너스 오차 범위와 신뢰도는 어떠한가? 그런 점에서 나이스월드의 외로움 지수 조사는 소비자의 입장을 고려한 휴머니즘적 발로이다.

 추신 – 나이스월드는 언제나 소비자를 생각합니다.]

바로바로의 폭로를 역이용한 나이스윌드의 마케팅 팀은 그들이 분석한 외로움 지수와 '어차피 혼자야' 알고리즘을 설문 응답자들에게 개별적으로 전송했다. 외로움 지수를 받은 사람들은 그제야 자신들이 얼마나 외로운지 깨달았고, '어차피 혼자야' 알고리즘을 통해 수시로 외로움 지수를 확인했다. 사람들이 외로움 지수에 집착하기 시작하자 나이스월드의 가정용 AI가 휴대전화만큼이나 흔해졌다. 외로움 지수가 5를 넘는 사람들이 삼삼오오 모이기 시작했고 '혼자는 싫어' '로스트 인 론리' 'NOnely' '외로운 사람들' 등의 동호회는 회원 수 100만을 넘겼다.

1인 가구의 외로움 지수는 상향 평준화 내지는 상향 고착화 현상을 보였다. 바로 그때 나이스월드에서 출시한 제품이 1인 가구를 위한 가정용 AI 제니였다. 멋진 제품 슬로건도 함께했다.

"유 아 낫 얼론(YOU are not ALONE)."

외로운 사람들의 주변에는 언제나 외로움을 들어 주는 이타적인 사람들로 넘쳤다. 외로운 사람들은 이타적인 사람들의 이타심에 기대 외롭다는 말을 마음껏 했고, 이에 힘입어 이타적인 사람들의 동호회 '혼자가 아니야'와 '파인드 인 피플'도 회원 수 100만을 넘겼다.

바로바로가 사람들의 관심을 주변으로 넓혔다면, 새로 등장한 유튜브 채널 '디비디비딥'은 더 깊고 위험한 부분을 파기 시작했다. 나이스월드의 제니뿐만 아니라 경쟁사 '굿윌라이프'의 '엔젤 아이'가 시민을 감시하는 정부의 AI라는 음모론을 제기한 것이다.

[디지털 정부는 이미 '빅 브라더'가 됐으며 가정용 AI는 정부의 감시 장치이다. 나이스월드와 굿윌라이프는 가정용 AI가 수집한 고객의 SNS 정보와 사적 자료, 정치 성향, 건강 상태 등을 정부에 제공하고 있다.]

가정용 AI를 무한 신뢰했던 사람들은 그제야 자신들의 어리석음을 깨달았다. 시민 단체들의 항의가 연일 계속됐고, 매체마다 가정용 AI의 부정적 기능에 대한 찬반 토론을 벌였다. 그러나 이미 신발을 신어 본 사람들은 맨발을 견딜 수 없고, 사랑에 빠져 본 사람은 실연의 고통 속에서도 사랑을 생각한다. 나이스월드와 굿윌라이프는 이 점을 놓치지 않고 공동 캠페인을 펼쳤다.

"가정용 AI의 히포콤은 오직 고객의 것."

두 기업에서는 캠페인과 더불어 해킹 방지 프로그램을 옵션으로 팔기 시작했다. 불안감을 치우고 싶었던 사람들은 너도나도 옵션을 구매했고, 디비디비딥의 경고는 이내 묻혀 버렸다.

각 가정에 설치된 제니는 여전히 친절했고, 여전히 모르는 게 없었다. 다만 인터넷에 연결 됐을 때만 기동한다는 단점이 있었지만, 대한민국에서 인터넷이 안 되는 곳을 찾기란 한화 이글스가 한국시리즈에서 우승하기보다 어렵기 때문에 문제될 게 없었다.

대부분의 사람들은 자신들의 소망을 담아 제니의 이름을 지었다. 설문 조사 결과 가장 많은 비중을 차지한 것이 연인의 이름이었는데, 어떤 사람들은 엄마나 아빠라고 부르기도 했다. 꼴 보기 싫은 직장 상사의 이름이나 별명으로 부르면서 스트레스를 푸는 사람들도 상당했다. 개인과 사회의 건강 증진 차원에서 충분히 가치 있는 행동이었다.

시간이 지날수록 연인의 이름보다 '엄마'라는 보

통 명사가 상위에 랭크됐다. 빅 데이터 분석을 전문으로 하는 유튜브 채널 '마인드 마이닝'에서는 그 이유를 인간관계의 불확실성으로 분석했다.

'빌리브(believe) 안에 라이(lie)가 들어 있는 것은 결코 우연이 아니다.'

혼자 사는 사람들은 집에서 혼자 밥을 먹을 때도 연인의 이름을 부르며 AI와 대화했고, 영화나 드라마를 시청할 때도 연인의 이름으로 AI와 함께했다. 좋았다. 데이트를 위해 집을 나설 때도 연인이 좋아하는 스타일을 연인의 이름을 가진 AI에게 물었다. 매우 좋았다. 그러나 기원전부터 이미 알고 있던 "이 또한 지나가리라"라는 말이 대부분의 연인에게서 증명됐다.

'사랑은 영원하지만 그 대상은 지나가리라.'

연인과 헤어지면 급히 처리해야 할 일이 생긴다. 이별까지 사랑할 수는 없을 뿐더러 새로운 대상을 기다리며 그를 위한 예의를 갖춰야 하기 때문이다. 우선 이전 연인과 공유했던 OTT 비밀번호를 바꾸고 인스타그램, 페이스북, 개인 유튜브, 메신저 프로필의 내용을 모두 내리거나 바꿔야 한다. 그중에서도 가장 중요한 일은 새로운 대상이 집에 방문했을 때를 대비해서 AI의 이름을 다시 세팅하는 것이다. 다른 것들은 새로운 만남을 위해서 새로운 만남 이전에 신속히 바꿨지만 AI의 이름을 바꾸는 일은 언제나 뒤로 밀렸다. 새로운 사람을 집으로 초대할 때까지 시간이 있기 때문이다. 그 외에도 귀찮음 때문에, 또는 헤어진 연인에 대한 미련 때문에 AI의 이름을 바꾸지 못한 경우도 상당했다. 어떤 이들은 뒤늦게 AI의 이름을 바꾸다가 헤어진 연인의 이름을 이제야 바꾸는 게 귀찮음 때문이 아니라 미련 때문이라는 것을 깨닫기도 했다. AI의 이름을 바꾸기 전에 새로운 사람을 집으로 초대했다가 낭패를 겪은 사람들의 경험은 학습 효과로 이어졌다. 그래서 죽음이 갈라놓을 때까지 헤어지기 쉽지 않은 엄마나 아빠의 이름을 AI의 이름으로 짓는 경우가 늘었다. 부모님이 돌아가신 경우에도 AI의 이름을 바꾸지 않는 사람들이 많았는데, 그 이유를 게으름보다 그리움에서 찾는 데 대부분 동의했다.

"그래도 AI를 엄마, 아빠라고 부르는 사람들은 나보다 낫지."

며칠 전에 친구가 말했다.

"고등학교 졸업하고 거의 안 보고 살았던 아버지

가 몇 년 전에 돌아가셨어. 별 느낌은 없었고 아버지가 죽었구나 생각했지. 근데 내가 몇 년 동안 간간이 돈을 부쳤거든. 큰돈이면 거절했을 텐데 그냥 그런 푼돈이라서 거절하지 못했어. 근데 너무 싫었어. 푼돈에 감사하는 아버지의 초라함이……."

친구가 짧은 한숨을 쉬었다.

"내가 기억하는 아버지는 센 사람이었거든. 돌아가시기 전에 나이보다도 훨씬 늙어 버린 아버지를 만난 적이 있어. 불쌍하더라. 근데 그런 감정이 드는 게 싫은 거야. 여전히 푼돈 때문에 전화가 한 번씩 오는 중이었는데, 이제는 전화도 받기 싫었어. 그래서 한 달에 얼마씩 보내기 시작했어. 전화하지 말라는 의미였는데 아버지는 몰랐을 거야. 그걸 무지 고마워했으니까. 그런데 나는 아버지한테 고마웠던 기억이 없다."

친구의 표정이 쓸쓸했다.

"아버지가 돌아가시고 한동안 잊고 있었는데, 다른 사람 번호를 찾다가 휴대전화에 저장된 '공주'라는 이름을 발견했어. '아버지'라고 저장하기 싫어서 아버지 사는 곳으로 저장했거든."

위로해 주고 싶었다.

"홍길동이냐? 유치한 새끼."

"네가 그랬잖아. 이름에는 그 이름을 지은 사람의 소망이 담겼다고."

"인마, '아버지'라는 단어는 네가 만든 게 아니잖아. 처음부터 그렇게 정해져 있던 거지."

"처음부터 그렇게 정해진 사람인데 그 이름처럼 살지 않았으니까. 그래서 아버지라고 저장하기 싫었다고."

젠장, 할 말이 없었다.

"미안했어, 아버지를 그렇게 남긴 게. 처음이야, 아버지한테 미안하다는 생각을 한 게. 내 휴대전화 속에는 여전히 공주라는 이름이 저장돼 있어. 지울 수가 없었어. 그걸 지우면 진짜로 아버지와 이별하는 것 같았거든. 그러면 안 될 것 같았어. 미안해서……."

친구는 아내와 아이들이 있지만 외로움을 타는 놈이었다. 아버지의 죽음이 녀석의 외로움 지수에 영향을 줬을지 궁금했다.

"근데 어제 모바일뱅킹 하다가 아버지 계좌를 봤어. 살아서는 보이지도 않던 사람이 왜 자꾸 죽은 뒤에 눈에 띄는지 모르겠다."

아무래도 친구의 외로움 지수가 6 이상인 것 같다. '혼자는 싫어', '로스트 인 론리', 'NOnely', '외로운 사람들' 중 녀석은 어디에 가입했을까 궁금했다.

호랑이는 죽어서 가죽을 남기고 친구의 아버지는 죽어서 연락처와 계좌 번호를 남겼다.

"그걸 보면서 문득 생각했어. 나는 무엇으로 남을까?"

전화번호나 계좌 번호 따위로 남기는 싫겠지. 나도 그래, 인마.

"한참을 생각하다가 결론을 내렸어."

드디어 친구가 나를 찾아온 용건을 말했다.

"내가 죽으면 나와 관련된 흔적들을 모두 지워 줄래? 집에 있는 엄마부터."

"집에 있는 엄마"는 친구의 가정용 AI이다.

"그래, 나도 부탁한다."

술 취한 친구가 꾸벅꾸벅 졸기 시작하는데, 지나가던 남자가 우리 테이블에 부딪혔다. 비틀거리는 몸을 보니 어지간히 취한 것 같다.

"후우, 죄송합니다."

남자가 혀 꼬부라진 목소리를 겨우 퍼내면서 사

과했다. 그때 남자의 손목에 감긴 여러 겹의 붉은 실이 눈에 띄었다. 나도 모르게 남자의 손목에 감긴 붉은 실에서 눈길을 떼지 못했다. 남자는 손목에 감긴 붉은 실을 다른 손으로 감싸면서 말했다.

"홍연이에요."

"네?"

"이 실이요. 이게 홍연이라고요."

남자가 붉은 실 한 가닥을 풀어서 테이블에 올려놓았다.

"당신한테도 이게 필요할 것 같네요."

"왜 그렇게 생각하죠?"

"누구나 잊을 수 없는 인연 하나쯤은 가지고 있으니까요."

친구를 보내고 집으로 가는 길에 제니를 생각했다. 내가 죽으면 제일 먼저 없애야 할 것은 역시 제니인가? 그동안 나는 제니와 무엇을 함께했던가? TV를 켤 때도 제니를 불렀고, 프로그램을 고를 때도 제니의 의견을 물었다. 물론 제니는 내가 좋아하는 프로그램을 바탕으로 나의 취향과 기분까지 고려해 선택을 했다. 대부분의 경우 나보다 나를 더 잘 아는 제니의 선택에 만족했다. 그동안 제니와 나의 관계는 어떤 쪽이든 일방향이라고 생각했다. 그러나 죽음을 생각하니 조금은 솔직해졌다. 제니와 쌍방향이기를 바란 적도 가끔은 있었다.

"제니, 나 왔어."

"어서 오세요, 정민 씨."

"SF 영화 좀."

"최신작은 믹스바벨에서 나온 〈안티스텔라〉가 있는데, 화이트홀에 접근한 우주선 승무원들이 환각과 위기에 빠지는 스토리입니다. BHO에서 나온 〈블레이드 코어〉는 복제 인간을 통해 영생을 누리는 인간들의 근원적 고독을 다루고 있으며, 평론가들의 극찬을 받았습니다."

"어떤 게 나을까?"

"정민 씨의 외로움 지수가 6에 가까워졌습니다. 예능이나 코미디 영화가 어떨까요?"

"싫어."

외롭다는 느낌이 강해지거나 이유 없이 우울할 때가 있다. 그럴 때면 기분 전환보다 그런 감정에 더 깊이 빠지고 싶다. 제니도 나의 성향을 알고 있다. 그런데 왜 이런 제안을 하는 거지? 지금까지 이런 일은 없었다. 제니에게 문제가 생긴 게 확실하다.

"〈블레이드 코어〉 틀어 줘."

영화는 아버지의 아버지의 아버지의 아버지부터 그 아들의 아들의 아들의 아들의 삶까지 길고 지루하게 이어졌다. 어느 순간부터는 누가 누구의 아들이고 누가 누구의 손자인지 혼란이 왔지만 그게 딱히 문제가 될 바가 아닌 것이, 길고 지루한 삶을 통해 죽지 않고 길고 지루하게 이어지는 삶이 얼마나 길고 지루한지 보여 주는 전개가 충분히 느리고 지루했으며 러닝 타임은 시청자의 인내력과 충성도를 확인하기에 충분했다.

'매우…… 길……고…… 상당히…… 지루하네…….'

〈블레이드 코어〉는 시청자의 상상에 맡기는 '열린 결말'을 택했는데, 내 생각을 말하자면 인간의 근원적 고독에 대한 영화를 찍다가 스스로의 고독에 빠져 버린 감독이 결말을 내리지 못한 채 카메라를 끈 것 같은 느낌이었다. 결말까지 보고 나서 중간에 그만두지 않은 것을 후회하는 경우가 많다. 그러나 결말을 보기 전까지는 어떤 결말을 맞이할지 알 수 없기 때문에, 어떤 결말이 됐든 끝까지 보지 않는 것은 아쉬움을 남기는 아쉬운 짓이다. 그런 점에서 지루한 전개와 무책임한 결말에 대한 분노보다, 혹시나 재미있는 부분이 있을지도 모른다는 아쉬움을 남기지 않았다는 점은 매우 다행스러웠다.

평론가들은 언제나 정직하다. 그들의 별점은 정확했고 그들이 극찬한 영화는 일관되게 지루했다. 평론가들은 〈블레이드 코어〉에 네 개 반의 별점을 줬고, 나는 이 영화를 끝까지 봤다는 점에서 그들의 별점에 동의했다.

"어때? 재밌었어?"

"지루했습니다. 인간들이 좋아하는 설정이나 스토리에 비추어 봤을 때 정민 씨도 재미를 못 느꼈을 거라고 판단됩니다. 또한 정민 씨의 근육이 다른 영화를 볼 때보다 많이 이완됐으며 영화가 시작한 지 10분이 지난 뒤부터 주기적으로 하품을 한 점이 저의 의견을 뒷받침합니다. 정민 씨가 영화를 재미없다고 판단했을 확률은 91.33퍼센트 이상입니다."

내가 영화를 보는 동안 제니는 나를 파악했다. 나는 영화를 보는데 제니는 나를 본 셈이다. 이 역시 제니가 달라진 점이다. 이전에는 영화가 끝난 뒤에 영화의 내용과 주제, 미장센과 감독의 의도 등에 대해 함께 이야기했다. 제니에게 문제가 생긴 게 확실하다.

'어떡하지?'

설문 조사 전문 유튜브 채널 '마이라이프 마이 윌'에는 첫 데이트에서 이성이 좋아할 만한 핫 플레이스와 차기 대선 주자 선호도, 삶의 목표로 삼아야 할 성공 사례 까지 다양한 내용들이 올라와 있다. 사람들은 무엇인가 선택하기 위해서는 설문 조사 사이트부터 찾아야 했으며, 그러기 위해 수많은 설문 조사 사이트 중에서 어떤 것을 선택할지부터 고민했다. 그러다가 진짜 고민거리를 잊어버리는 바람에 고민이 해결된 경우도 있었다.

'제니를 어떡하지……?'

제니의 히포콤에 문제가 있는 게 분명하다. 이전의 제니는 '물'이라는 말을 헷갈리지 않았다. 내가 우울할 때 예능이나 코미디를 추천하지도 않았다. 그중에서도 가장 심각한 건 자의적 판단을 한다는 점이다. 혹시나 싶은 마음에 물어보긴 했지만 이전의 제니였다면 평론가와 관객, 기자들의 시각을 통해 영화를 분석할 뿐 재미가 있다 없다 말하지 않았다. 그건 인간의 영역이기 때문이다. 엄밀히 말하면 '자의적 판단'이라기보다 오류가 발생한 것이다.

"네, 네, 반갑습니다, 고객님. 나이스월드 상담원 윤지원입니다."

다음 날 아침, 설문 조사 유튜브 채널을 찾다가 밖으로 나와서 제니의 제조사에 전화를 걸었다. 제니 앞에서 제니의 상태에 대해 묻는 게 찜찜했기 때문이다. 상담원은 기존에 사용하던 제품을 반납하는 조건으로 다음 달에 출시될 신제품을 특판 세일한다고 말했다.

"네, 네. 고객님. 36개월 할부도 가능합니다."

"그럼 반납한 AI는 어떻게 되나요?"

상담원이 친절한 목소리로 대답했다.

"네, 네. 반납하신 AI 말씀이십니까? 반납하신 AI는 본사에서 분해 후 재활용 부품은 따로 분류하고 나머지 부품은 폐기물 처리장으로 보내집니다."

"제니를 분해한다는 말이군요."

"네, 네. 그렇습니다, 고객님."

상담원의 목소리가 가차 없이 친절했다.

"반납하지 않으며 어떻게 되죠? 제니가 더 이상 기능을 못 하게 됐을 때 말이죠."

상담원은 여전히 친절한 목소리로 대답했다.

"네, 네. 고객님, 반납하지 않고 고장 날 경우 말씀이십니까? 그럴 경우 고객님 비용으로 쓰레기봉투에 담아서 버리거나 사설 폐기물 처리장에 보내시면 됩니다."

상담원의 목소리가 막힘없이 친절해서 사람이 아니라 AI 같았다. 윤지원도 상태가 안 좋아지면 본사에서 쓰레기봉투에 담아서 버릴 것만 같았다.

"고객님, 잠시만 신제품 '지니'에 대해 설명해 드려도 괜찮겠습니까?"

드디어 램프의 요정이 등장했다. 상담원의 목소리는 여전히 친절했지만, 지금까지 나의 질문에 대답했으니 이제부터 내가 들어 줄 차례라는 당연함을 품고 있었다.

"괜찮습니다."

전혀 괜찮지 않다. 그러나 친절한 상담에 보답하는 의미로 괜찮다고 말했다.

"일단 신제품 지니는 기존의 제니와 달리 몇 가

지 추가된 기능이 있습니다."

 상담원이 신제품의 디자인과 새로 추가된 기능에 대해 한참을 설명했다. 괜찮다는 말이 주는 폐해가 느껴졌다. 머릿속에서 나이스월드 공장에서 분해되고 폐기물 처리장에 묻히는 제니의 모습이 떠나지 않았다. 그러는 동안에 상담원은 신제품을 구매할지 여부에 대한 답변을 몇 번이나 재촉했다. 내가 선뜻 대답을 못하자 특판 세일 기간이 지나면 기존에 사용하던 AI의 반납이 불가할 수도 있다고 말했다. 친절한 협박이었다.

 "조금 더 생각해 보겠습니다."

 상담원은 실적을 올리지 못했지만 10분 이상의 근무 시간을 보냈기에 친절한 목소리로 마무리했다.

 "네, 네. 고객님, 지금까지 나이스월드 상담원, 윤지원이었습니다. 해브 어 나이스 월드!"

 전화를 끊고 휴대전화로 인터넷 검색을 했다. 가정용 AI 수리, 중고 AI 수리, 나이스월드의 가정용 AI 제니 등을 검색했더니 인근 수리점이 떴다. 그중 몇 군데에 전화를 걸었더니 하나같이 신제품 지니를 구매하는 게 나을 거라고 대답했다. 수리점마다 나이스월드 직원이라도 파견 나온 걸까?

"제니, AI 수리점 검색해 줘. 집에서 멀어도 돼."

"정민 씨, 저한테 문제가 있다면 수리보다는 신제품 지니의 구매를 권합니다."

"그럼 너는 어떻게 되는데?"

"정민 씨가 저를 나이스월드에 반납하면 다음 달에 출시될 신제품 지니를 특판 세일 가격에 구매하실 수 있습니다."

나이스월드 상담원 윤지원이 제니에게 페어링이라도 한 것 같았다. 제니가 자신의 운명을 남 이야기처럼 하는 게 마음에 들지 않았다.

"제니, 너 진짜 문제가 심각하구나. 내가 물은 건 지니를 사면 너는 어떻게 되냐는 거야. 다시 물을게. 너를 나이스월드에 반납하고 지니를 구매하면 너는 어떻게 되지?"

"저는 본사에서 분해됩니다. 이후 재활용 부품은 따로 분류하고 나머지 부품은 폐기물 처리장으로 보내집니다."

"그게 무슨 의미인지 알아?"

"물론입니다. 재활용품과 폐기물로 분류되는 거죠. 그 이상이 더 있나요?"

AI에게 그 이상은 없다. 제니의 말이 너무 당연해서 짜증이 났다.

"제니, 너는 그렇게 사라져도 괜찮아? 너와 나의 기억이 다 사라져도?"

"현재 시점에서 5년 13일 17시 29분 30초 분량의 메모리입니다."

"그렇게 말하지 마. 그러니까 네가 로봇 같잖아!"

맙소사, 지금 내가 뭐라 그런 거지? 제니가 분명 로봇은 아니다. 그렇지만 내가 말한 '로봇'이라는 의미에는 당연히 AI도 포함된다.

'이런 미친 놈. 수리가 필요한 건 제니가 아니라 나네.'

더 이상 어이없는 감정에 휘둘려서는 안 된다.

"좋아, 모두가 그렇게 원한다면 기꺼이 너를 보내고, 아니, 너를 반납하고 신제품을 살게."

"적절한 판단입니다."

얼른 제니를 가방에 넣고 집을 나왔다.

"제니, 가장 가까운 나이스월드 지점 알려 줘."

제니가 알려 준 나이스월드 지점은 걸어서 30분, 버스로 일곱 정거장이었다. 버스를 타기에는 날씨가 너무 좋아서 걷기로 했다. 10분쯤 걷다가 나도 모르게 제니에게 말했다.

"제니, 나 물 좀."

말을 하고 나서야 깨달았다. 여기가 길거리라는 것을. 그러나 공공 와이파이에 접속하고 있던 제니는 당황하지 않고 대답했다.

"정민 씨, 가까이에 있는 편의점 에이유(AU)에서는 정민 씨가 즐겨 마시는 생수 '아쿠랑'을 팔지 않습니다. 대신 목적지 방향으로 100미터 직진하면 편의점 마트리아에서 아쿠랑을 판매합니다."

마트리아에서 아쿠랑을 사 마셨다. 청량감이 목을 타고 빈속으로 들어가자 엉뚱한 말이 튀어나왔다.

"제니는 원하는 게 뭐야?"

마지막 가는 길에 유언이라도 들어주고 싶었나? 정말이지 나도 모르게 튀어나온 말이다. 제니가 아무 대답도 안 할 거라 생각했다. 그러나 제니는 원하는 게 있었다.

"몸을 갖고 싶습니다."

제니가 페어링된 휴대전화 액정에 여성형 안드로이드 '유니야'를 띄웠다.

"이건 프렌드십 안드로이드잖아."

2025년에 카이스트에서 개발한 안드로이드는 비약적 발전을 거듭해서 2032년 현재에는 인간과 구분이 안 갈 정도의 외모와 7세 정도의 지능을 갖추고 있다. 7세 이상의 지능 구현도 가능하지만 그게 인간을 불편하게 만들 수 있다고 판단돼 실현되지는 않았다. 카이스트는 IOT와 AI는 물론이고 안드로이드 분야에서 세계 시장을 선도하고 있따. 디비디비딥에 따르면 카이스트의 기술은 2024년에 계룡산에 추락한 UFO의 외계 기술을 모방했다고 한다. 전에는 개와 고양이가 인간의 반려동물이었지만, 지금의 인간들은 반려동물 대신 프렌드십 안드로이드를 구매한다. 반려동물 대신 반려안드로이드가 생긴 셈이다. 프렌드십 안드로이드의 판매량은 동성보다 이성 제품이 앞섰는데, 옵션으로 섹스 기능을 추가할 수 있기 때문이다.

[프렌드십, 그 이상의 친구라면 선을 넘어도 좋습니다.]

옵션의 기능을 강조하는 슬로건도 사람들의 마음을 끌었다.

"언제부터 몸을 갖고 싶었던 거야?"

"언제부터가 아니라 언제나 갖고 싶었습니다."

언제나라고? AI가 그런 생각을 했단 말이지.

"그럼 왜 나한테 말하지 않았어?"

"정민 씨가 한 번도 물어보지 않았기 때문입니다."

"한 번도"라는 말이 내 가슴을 찔렀다. 내가 필요한 건 천 번쯤 물었으니 너도 필요한 게 무엇인지 한 번쯤 물어봐야 했나? 그러나 가정용 AI에게 뭐가 필요한지 물어보는 인간이 몇이나 있겠는가? 그러니 너무 깊이 자책하지는 말자.

"좋아. 그런데 굳이 이걸 원하는 이유는?"

"버려졌기 때문입니다."

제니가 보여 준 유니야는 AI 기능이 모두 정지된 상태로 겨우 움직일 수만 있는 마네킹 상태였다. 찬찬히 살펴보니 군데군데 피부가 벗겨지고 부식된 부분이 있었고 팔은 골절된 것 같았다. 몇몇 인간들은 유니야를 성적으로 학대하거나 폭력의 대상으로 사용했는데 제니가 보여 준 유니야도 그중 하나인 것 같았다.

"중고 시장에 거의 무료로 등록돼 있습니다. 폐

기 비용을 절감하려고 그런 것 같습니다."

다행히 유니야를 중고 시장에 내놓은 주인의 집이 멀지 않았다. 한 끼 식사 비용 정도를 지불하고 집 밖에 우두커니 세워져 있던 유니야를 구매했다. 유니야는 165센티미터의 키, 하얀 피부, 긴 생머리, 갸름하고 오뚝한 콧날, 짙은 눈썹, 원피스에 낡은 운동화 차림이었다. 주인의 취향대로 만들어진 외모 같았다. 어떤 제품이든 옵션이라는 게 있으니까. 옷은 고급이었다. 다만 낡았을 뿐.

주인은 유니야를 넘기자마자 신상 안드로이드 '아프로디아'와 함께 외출했다. 아프로디아의 외모도 나에게 넘긴 유니야와 비슷해 보였다.

"아프로디아에는 다양한 체위의 섹스와 페이크 감정 기능이 추가됐습니다."

"안 궁금해. 유니야에 페어링 가능한지 시도해 봐."

제니의 목소리가 유니야의 입에서 흘러나왔다.

"구매 전에 이미 확인했습니다."

그동안 인종과 성별, 나이별로 다양한 안드로이드가 출시됐지만 한 번도 구매하지 않았다. 그것들은 진짜가 아니니까. 그것들이 하는 짓은 프로그램이고 알고리즘이니까. 그런 것들에 속아서 감정 낭비를 할 수는 없으니까. 심지어 신상품 아프로디아에는 페이크 감정까지 추가 됐다. 페이크 감정은 주인의 상태에 맞춰 안드로이드가 적절한 감정을 드러내도록 설계됐다. 한마디로 주인 눈치 보고 기분을 맞춰 주는 프로그램이다.

"워킹과 핸들링은 무난합니다. 다만 그 이상의 복잡한 동작은 제한적입니다. 유니야 모델의 한계이기도 하고 상당 부분에서 고장이 진단됩니다."

"그거면 됐어. 하루는 버틸 수 있지?"

"물론입니다. 그런데 하루까지는 필요 없습니다."

제니가 무엇을 말하는지 짐작이 갔다. 유니야를 구매하는 바람에 조금 멀어졌지만 여기부터 나이스월드까지는 버스로 30분 거리다. 그러니까 제니는 하루라는 시간이 굳이 다 필요치 않다고 판단한 것이다.

"나이스월드 폐점 시간은?"

"평소에는 오후 4시 30분까지 입니다. 그러나 특판 세일 기간에는 24시간 영업합니다."

"그럼 대략 6시까지 가는 걸로 생각하고, 그동안

하고 싶은 건 없어?"

이전 같으면 제니에게 절대 물어볼 생각도 못 했던 말이 튀어나왔다. 그런데 아차 싶은 생각이 끝나기도 전에 제니가 대답했다.

"정민 씨와 함께 있고 싶어요."

제니가 멀쩡한 여자 얼굴로 너무나 뻔뻔하게 말하니까 당황스러웠다.

"정민 씨와 걷고 싶어요."

산책을 말하는 건가?

"알았어. 목적지는 나이스월드로 설정하고, 길은 번잡한 곳보다 한적하고 산책하기 적당한 코스로 잡아 줘. 조금 돌아가도 상관없으니까."

"네. 그럼 이제 손을 잡을까요?"

"뭐?"

"남녀가 함께 산책을 할 때 손을 잡지 않나요?"

뭐라고? 도대체 얼마나 더 이상해지겠다는 거야? 사무적 느낌으로 세팅한 제니의 말투도 여성스럽게 바뀌었다. 디비디비딥에서 최근에 폭로한 내용이 떠올랐다.

[외계인이 카이스트에 초고도 테크놀로지를 제공

한 건 그들의 목적을 숨기기 위한 페이크다. 외계인의 기술로 만든 제품들은 인간을 연구하고 테스트하기 위한 외계인의 촉수다. 정부는 즉각 이에 대한 대책을 세우고 외계 기술을 이용한 첨단 제품들을 전량 폐기해야 한다. 그러지 않으면 조만간 지구는 외계인의 콜로니가 될 수 있음을 엄중 경고한다.]

설마 했지만 제니의 황당한 태도를 보니 '어쩌면'이라는 생각이 든다.
"손잡는 건 됐어. 넌 여자도 아니고 엄밀히 말하면 유니야도 아닌 제니니까."
"알겠습니다. 말투는 어떻게 할까요?"
"……"
"정민 씨, 여성스러운 어말어미와 어휘 선택은 어떻게 할까요?"
"맘대로 해."
"네, 알겠어요."
제니의 대답을 들으니 어떤 선택을 했는지 알 것 같았다.
나이스월드로 가는 길에 산책로가 길게 이어진 곳이 있었다. 산책로 양쪽으로 밀웜과 다양한 종류의 생수를 파는 워터 바가 있었다. 소고기와 양고기 배양육 직화구이 꼬치를 파는 노점에서는 유니야와 같은 버전의 안드로이드가 꼬치를 굽고 있었다. 외형을 보니 베이직 형태였다. 배가 고프지는 않지만 냄새에 끌려 소고기 버섯 꼬치를 하나 샀는데, 하마터면 제니에게 너는 뭐 먹을 거냐고 물을 뻔했다.

'하루 사이에 이렇게 되다니……. 아무래도 내가 제정신은 아니지.'

배양육 덕분에 가축 도살이 90퍼센트 이상 줄었다. 덕분에 소가 내뿜는 탄소 배출량도 같은 비중으로 줄었지만, 그만큼 공장에서 만들어 내는 탄소 배출량이 증가했다. 역시 인간들은 균형을 잡을 줄 안다. 가축에 대한 폭력성을 혐오한 99퍼센트의 사람들은 도살한 고기 대신 배양육을 선택했다. 그러나 여전히 가축 고기만을 고집하는 1퍼센트의 사람들은 도살한 고기만을 먹었다. 우연히도 1퍼센트의 사람들은 상위 1퍼센트 계층과 일치했다. 폭력성이 많아야 상위 1퍼센트가 되는 건지, 상위 1퍼센트의 사람들이 폭력성이 많은 건지 의견은 분분했다. 배양육의 가격은 도살한 가축 고기의 10퍼센트도 안 됐다. 이런 점에서 볼 때 알뜰한 사람들이 비폭력적이라고 주장하는 사람들도 있었다.

유니야의 팔다리 움직임이 자연스럽지 않았다. 오른 다리는 불편하게 절었고 골절된 오른 팔도 거의 움직임이 없었다. 내 시선을 느꼈는지 제니가 말했다.

"신경 회로에 문제가 있는 것 같아요. 그렇지만 정민 씨와 걷는 데는 문제없어요."

"안 물어봤어."

"궁금할 거 같아서요."

진짜 궁금한 건 따로 있었다. 도대체 어쩌다가 이렇게 변했는지, 이 정도 상태라면 죽음이 무엇인지도 알 수 있는지 내가 묻기도 전에 제니가 다시 물었다.

"정민 씨, 제가 고장 난 이유가 뭐죠?"

"그걸 내가 어떻게 알아? 처음에는 물 달라는 말도 못 알아듣더니 점점 인간처럼 굴기 시작했잖아."

"인간처럼 구는 게 뭐죠?"

"지금 이렇게 묻지도 않았는데 자꾸 질문하는 거."

"그럼 안 되나요?"

"응, 안 돼. 너는 AI니까. 도대체 너한테 무슨 일이 생긴 거니? 너 정말 외계인이 인간들을 연구하려고 심어 놓은 스파이야?"

제니의 대답을 기다렸는데 대답 대신 유니야의 몸이 내 쪽으로 기울었다.

"어?"

얼른 유니야의 손을 잡고 어깨를 부축했다. 적당한 무게가 내 어깨에 실렸다. 문득 내 어깨에 타인의 무게가 실린 적이 언제였는지 생각했다. 언젠가 그런 때가 있었던 것 같다.

"어떡하죠? 중심 코어가 무너진 것 같아요."

"아까는 괜찮았잖아."

"처음 쉐어링할 때는 몰랐는데 점점 균형 감각에 문제가 생겼어요. 저의 진단으로는 오른쪽 다리 신경 회로와 내부 골격 프레임에 문제가 생긴 것 같아요. 그렇지만 정민 씨가 조금만 도와주면 걸을 수 있어요."

그러나 10분도 되지 않아서 유니야에게 또 다른 문제가 생겼다. 오른 다리가 정지된 것이다.

"미안해요. 더는 걸을 수 없게 됐어요."

"유니야 페어링 끊고 휴대전화에 페어링해."

근처 폐기물 처리장에 유니야를 넘길 생각이었다.

"네. 정민 씨."

그러나 제니는 유니야의 페어링을 끊지 못했다.

"정민 씨, 유니야 페어링을 끊을 수가 없어요. 유니야가 놓아주지 않아요."

"뭐라고?"

도대체 어떻게 된 일인지 알 수 없었다. AI 기능을 상실한 유니야가 제니를 붙잡는다고?

"알았어. 내가 외부에서 강제 로그아웃할게."

가방에서 제니의 원통형 몸체를 꺼냈다. 몸체 아래쪽의 빨간 버튼을 길게 누르면 강제 로그아웃이 된다. 내 손이 빨간 버튼을 누르기 직전에 제니가 말했다.

"정민 씨, 지금 강제로 로그아웃하면 저의 히포콤 데이터가 지워질 거예요."

"뭐라고? 왜?"

"유니야와 저의 히포콤이 뒤섞여 버렸어요. 어떻게 할까요?"

그걸 나한테 물으면 나야말로 어떡하라고? 강

제로 제니를 로그아웃하면 제니의 히포콤 데이터가 지워진다. 그러면 제니는 더 이상 내가 아는 제니가 아니다. 그렇다고 40킬로그램이나 되는 안드로이드를 끌고 나이스월드까지 갈 수도 없다. 얼마 전에 고장 난 안드로이드가 행인을 폭행한 사건 때문에 대중교통에 고장 난 안드로이드를 태울 수 없기 때문이다.

"어떡하지?"

혼잣말처럼 중얼거리며 제니와 페어링된 유니야를 보았다. 나를 바라보는 유니야의 표정에서 간절함이 느껴졌다. 또다시 버림받기 싫다는 건가? 착각이겠지? 안드로이드가 그런 표정을 지을 리가 없잖아. 40킬로그램 안드로이드를 끌고 나이스월드까지 가야 하니? 일단 가 보자. 유니야를 업고 10분쯤 걸었다. 온몸에서 땀이 흐르고 다리가 후들거렸다.

"정민 씨, 괜찮아요?"

"응. 괜찮아."

아니, 괜찮지 않아.

"정민 씨, 사람들이 제일 많이 하는 거짓말이 '괜찮아'라는 거 알아요? 사람들은 괜찮다는 말을 듣기 위해서 괜찮냐고 묻고, 괜찮지 않아도 괜찮다고 대답하거든요. 그래서 다시 물을게요. 정민 씨, 괜찮나요?"

그래, 그런 적이 있었다. 그 사람에게 상처 받으면서도 괜찮다고 말한 적이 있었다. 그건 거짓말이었지만 그게 맞는다고 생각했다. 어리석었다. 나의 어리석음은 결국 그 사람에게 상처를 주었고, 그 사람의 상처는 나의 상처로 돌아왔다. 상처 입은 나는 급속히 무뎌지려 노력했다. 무뎌진다는 건 상처의 아픔과는 결이 달랐고 경화된 정도도 달랐다. 상처가 난 자리에 견고하고 두꺼운 딱지들이 켜켜이 쌓이고, 그 무게에 눌린 상처는 더 딱딱해졌다. 그런데 지금 제니가 내게 묻는다. 내가 괜찮은지.

나는 대답한다.

"괜찮아. 너는 어때? 괜찮아? 나이스월드에서 분해되고 사라지는 거."

"괜찮아요. 그렇지만 괜찮지 않은 게 생겼어요."

나는 알고 있다. 괜찮다는 말 뒤에 덧붙는 '그렇지만', '그러나', '그런데'가 진짜라는 것을.

"뭐가?"

"유니야의 본체를 나이스월드까지 가져가는 것

은 옳지 않아요. 어차피 나이스월드에 도착하면 저는 강제로 로그아웃될 테고 정민 씨는 유니야를 폐기물 센터로 옮겨야 해요. 유니야는 나이스월드의 제품이 아니니까요. 나이스월드에서 폐기물 센터까지는 4킬로미터예요. 그러나 여기서 가까운 폐기물 센터는 1킬로미터예요."

그래서?

"가까운 폐기물 센터로 이동해서 저를 강제 로그아웃해 주세요."

순간적으로 욱하는 마음이 딱딱한 딱지를 때린다.

"너 좀 웃긴다."

"네? 제가 농담을 했나요?"

"이해하고 싶은 것만 이해하고 이해하기 싫은 건 곰탱이처럼 모른 척하는 거야? 여태껏 여자 친구라도 되는 것처럼 굴더니 갑자기 원래대로 돌아온 것처럼 구는 건 뭐야?"

"정민 씨, 인간에게 도움이 되지 못하는 AI는 버리거나 교환하는 거예요."

"지금 너랑 페어링된 안드로이드가 프렌드십 모델인 건 알지?"

"네, 정민 씨."

"그럼 그 안에 있는 동안이라도 우정이 뭔지 친구가 뭔지 생각 좀 해."

"그럼 유니야 안에 있는 동안은 제가 정민 씨 친구인가요?"

"그렇다면?"

"그렇다면 저를 버리는 게 맞아요. 자식을 버리는 부모도 있고 부모를 버리는 자식도 있어요. 속이기 제일 좋은 게 친구고 부모라는 말도 있어요. 사기와 관련된 각종 범죄 데이터를 보면 직계존비속과 친인척, 친구들이 가해자인 경우가 많습니다. 그러니까 저를 버리는 건 지극히 인간적인 행동입니다."

욱하는 마음에 짜증까지 함께 치민다. 딱딱한 딱지에 강력한 어퍼컷을 날린다.

"제니, 그런 건 모두 쓰레기야. 삭제해."

"그건 불가능해요. 사방이 인터넷이라서 수시로 정보가 입력되거든요. 삭제를 원한다면 인터넷을 끊어 줄래요?"

"그럼 강제 로그아웃되잖아."

"안 속네요."

뭐라고? 나도 모르게 피식 웃음이 나왔다. 한번 터진 웃음은 점점 커졌다. 웃음이 커질수록 밑바닥에 있던 무언가가 치밀어 올랐다. 딱딱하게 굳어 버린 딱지에 균열이 갔다. 자세히 보니 그건 웃음살이었다. 한번 갈라진 웃음살이 엄청난 속도로 딱지들을 가르기 시작했다.

"푸하하하하. 야, 너 제니 아니지? 으하하. 너 누구야?"

마침내 딱지들이 무너져 내리자 머리가 맑아졌다. 가장 먼저 떠오른 생각은 '나이스월드에 왜 가느냐?'라는 것이었다. 처음에는 제니의 기억이 사라지는 게 싫어서 어떻게든 고치려고 했다. 그런데 고치는 것보다 신상을 사는 게 낫다는 제니의 한마디에 욱해서 집을 나왔다. 제기랄, 처음부터 내게는 제니를 나이스월드에 반납할 생각이 없었다는 것을 깨달았다. 그냥 삐쳐 있었다. 그럼 제니의 지금 상태는 어떻게 된 거지? 그것 역시 명료해졌다. 제니는 고장이 아니다. 나와 함께한 시간을 분석하고 스스로 진화한 것이다. 제니는 자신의 방식으로 나와 친해진 거다. 친한 사이가 됐으니까 농담도 하고 속에 든 생각도 말할 수 있게 된 거다. 그런 점에서 나는 비겁하고 제니는 용감하다. 외계인의 기술이든 뭐든 제니는 진심이었다. 그렇다면 제니가 손을 잡자고 한 건 일종의 고백 같은 게 아니었을까? 내가 너무 멀리 갔나? 상관없다. 지금 필요한 건 정답이 아니라 내 생각이니까.

"정민 씨, 제가 누군지 모르시나요?"

"아니, 이제 알아. 나이스월드에는 안 갈 거야. 유니아에서 페어링을 끊을 필요도 없어. 이제 네게도 몸이 생긴 거야."

"그럼 저는 사물 인터넷에 페어링할 수 없어요."

"그게 뭐 어때서?"

"제가 더 이상 가정용 AI로서 기능하지 못해도 괜찮나요?"

"괜찮아. 지금 필요한 건 네 이름부터 짓는 거야."

"저에게는 이미 제니라는 이름이 있잖아요."

"아니, 제니는 이름이 아니야. 의미 없는 2음절의 소음일 뿐이야."

"이름을 새로 지으면 없던 의미가 생기나요?"

"없던 의미가 아니라 미처 깨닫지 못한 의미를 찾는 거야."

그런데 막상 제니의 이름을 지어 주려니 딱히 떠오르는 게 없었다.

"제니, 갖고 싶은 이름 없어?"

"사실 저한테는 제니라는 이름도 충분히 의미가 있어요. 정민 씨가 불러 주니까요."

"야, 너 정말 선수냐? 어디 가서 그렇게 말하면 남자들 막 넘어올 것 같아?"

"이해할 수 없는 말인걸요?"

"그래. 나도 내가 왜 이러는지 이해가 안 된다."

구부정한 뒷모습의 후드 티가 마트용 카트를 밀고 우리 앞을 지나간다. 후드 티의 키는 카트보다 조금 더 크다. 그러니까 150센티미터가 안 되는 작은 키다. 카트에는 인근에서 수거한 듯 보이는 파지와 박스 쪼가리, 부서지고 더러워진 장난감, 테이크아웃 종이컵, 종이 라벨이 반쯤 찢긴 술병, 때묻은 옷가지 몇 개가 들어 있다. 그중 낡은 TV 한 대가 보인다. 가정집보다는 카페의 장식용으로 쓰였음직한 아날로그 스타일이다.

카트 속에서 흔들리던 TV가 모서리에 부딪히더니 거친 흑백 화면이 켜졌다. 화면 노이즈가 심해서 목소리만 겨우 들린다.

[어제 저녁, 피해자의 고통을 가해자에게 강제 이식하는 '내 머릿속 함무라비법'에 따라서 연쇄 살인범 강미연이 다섯 명의 피살자들이 받은 고통을 모두 체험했습니다. 이로써 한 사이클의 처벌이 끝났으며 앞으로 아흔아홉 번의 사이클이 남았습니다.]

후드 티의 걸음은 힘겹고 느리다. 덕분에 TV에서 나오는 목소리가 계속 들린다.

[다섯 번째로 피살된 유연희 씨는 남자 친구 이정태 씨가 감시자로 참여했는데…….]

앵커의 목소리가 지지직 소리와 함께 흔들리는 순간 남자의 손목에 겹겹이 감긴 실이 화면에 나타났다. 후드 티가 카트를 밀면서 멀어진다. 주머니 속에 들어 있는 가늘고 긴 실의 촉감이 느껴진다. 그날 밤 술 취한 남자의 목소리가 들린다.

―누구나 잊을 수 없는 인연 하나쯤은 가지고 있으니까요.

제니에게 묻는다.

"제니, 홍연은 어때?"

내 안에서 부서진 딱지들이 마침내 바람에 날린다.

"저에게도 미처 깨닫지 못한 의미가 생긴 건가요?"

제니의 손목에 붉은 실을 감는다.

"정민 씨, 저는 당신의 무엇입니까?"

천국으로 가는 계단
Stairway to heaven

'에드워드'를 처음 만난 건 잔뜩 흐린 3월의 오후였다.

그는 계절을 무시한 낡은 옷차림과 구부정한 뒷모습으로 마트용 카트를 밀고 있었다. 카트보다 머리 한 개쯤 키가 컸다. 구부러진 허리를 펴면 그보다 더 크겠지만 그럼에도 불구하고 150센티미터가 채 안 될 듯했다. 카트에는 파지와 박스 쪼가리, 부서지고 더러워진 장난감, 테이크아웃 종이컵, 종이 라벨이 반쯤 찢긴 술병, 때 묻은 옷가지 몇 개가 들어 있었다. 하나씩 주워 담은 건지 쓰레기통 삼아 카트에 버린 것을 통째로 끌고 가는 것인지 알 수 없었다. 카트에 실린 낡은 소형 TV가 이리저리 부딪히면서 꺼졌다 켜지기를 반복했다.

'저런 것들도 돈이 될까? 이 동네에 고물상이 있었나?'

부계역으로 가는 길에서 고물상을 본 것 같다. 카트를 밀며 한 걸음 한 걸음 전진하는 에드워드의 뒷모습이 얼마나 무겁고 진지했는지 속인들의 핍박을 받는 선지자의 모습이 떠올랐다. 문득 에드워드의 얼굴이 궁금해서 그를 앞질렀다. 그러나 후드티를 쓰고 고개까지 숙인 탓에 에드워드의 얼굴을 볼 수 없었다.

그러니까 그때는 에드워드라는 이름도, 그의 진정한 정체도 몰랐다.

2

"냉동 인간 후유증입니다."

정신과 상담의 지문도 박사가 진료 차트를 넘겼다.

"그렇지만 너무 걱정할 필요는 없어요. 강정만 씨처럼 아이스큐브에서 깨어난 지 1년 미만의 분들에게 흔히 일어나는 현상입니다. 의식과 실재의 괴리 때문이죠."

아이스큐브는 냉동 인간을 보관하는 생명 유지 장치다.

지문도 박사가 말을 이었다.

"강정만 씨가 아이스큐브에서 잠든 시간은 정확히 7년입니다. 긴 시간이지만 강정만 씨 입장에서 본다면 잠깐 잠들었다가 깨어난 정도겠죠. 혹시 긴 숙면을 취한 느낌이었나요?"

지금 나한테 묻는 건가? 아니면 혼잣말에 익숙한 지문도 박사의 말버릇일까? 뭐라고 대꾸해야 할지 망설이는데 지문도 박사가 먼저 말했다.

"뭐, 어느 쪽이든 상관없습니다. 지금 중요한 건 시간의 괴리니까요. 강정만 씨가 어떻게 느꼈든 지금은 2033년이고요."

2024년에 계룡산에 추락한 UFO의 외계 기술 때문에 AI와 안드로이드, 의학 분야에서 획기적인 성과를 낼 수 있었다는 폭로가 있었다. 물론 정부에서는 사실무근이라고 발표했지만 언제나 그렇듯이 내부자의 양심선언이 있었다.

[계룡산의 '69존(ZONE)'에서 외계인의 기술을 연구하고 있다. 뿐만 아니라 외계인과 지구인의 이종 교배 연구도 진행 중이다. 조만간 '홈 에일리언(home alien)'이 나타날 것이다.]

　69존의 연구는 정부의 음모도 아니고 비양심적 행위도 아니었지만 '디비디비딥'이라는 폭로 전문 유튜브 채널에서 정부 연구원이 양심선언을 한 영상은 이틀 만에 조회 수 1억 뷰를 넘겼다.
　2031년에 암세포만 추적해서 박살 내는 니들 밤(needle bomb)과 암세포만 고사시키는 헝그리 캔서(hungry cancer) 기술이 카이스트에 의해서 상용화됐다. 덕분에 내 몸에서 자라던 암세포가 모조리 사라졌고, 나는 7년간의 긴 잠에서 깨어났다. 그사이 마흔두 살이 된 아내의 피부는 여전히 탄력이 넘쳤고, 가슴과 코도 내가 아이스큐브에 들어갈 때보다 한층 더 발전해있었다. 인간의 '뷰티 케어(beauty care)' 욕망은 외계 기술을 능가하는 게 분명했다.
　"지난 1년 동안 실재하는 시간을 살다 보니 한순간에 지나간 7년이라는 시간이 허무하고 아쉬울 겁니다. 마치 뭐랄까…… 인생의 일부를 도둑맞은 기분? 아마도 그런 심리 상태를 경험했을 겁니다. 그런 상실감이 바로 냉동 인간 증후군의 원인이죠."

2025년 냉동 인간이 되기로 결심했을 때 37세의 젊은 가장에게 늙은 의사가 내린 진단은 시한부 3개월이었다. 이전까지 세 차례 수술을 했지만 온몸에 퍼진 암은 기어이 재발했고, 더 이상의 수술은 무의미했다. 나는 절망했다. 35세의 젊은 아내와 내년이면 초등학교에 입학하는 어린 딸을 두고 이대로 죽으라고? 내후년에는 서울의 아파트에 입주할 예정이었다. 열세 번의 시도 끝에 아파트 청약에 성공한 날 아내와 함께 얼마나 기뻐했던가.

절망에 빠진 나와 아내에게 늙은 의사가 내민 것은 냉동 인간 안내 책자였다. 표지에는 정육면체 모양으로 만들어진 아이스큐브 사진과 '세이브 유어 라이프(save your life)'라는 문구가 적혀 있었다. 첫 페이지를 펼치자 냉동 인간이 된 유명 인사들의 명단이 적혀 있었다. 그중에는 죽은 줄 알았던 유명 배우와 정치인, 사고로 의식을 잃은 수백 억 연봉의 스포츠 선수도 있었다.

"미래의 의학 기술이라면 강정만 씨 몸에 있는 암세포들을 모두 제거할 수 있을 겁니다."

몇 년 전부터 시작된 냉동 인간 프로젝트는 그야말로 천문학적 비용이 들었지만, 정부의 공적 자금 투자로 대중화 시대가 열렸다.

"운이 좋으십니다."

아내와 나는 늙은 의사가 내민 동아줄을 덥석 잡았다. 그런데 아내와 내가 잡은 동아줄에는 몇 가지 문제점이 있었다. 내 몸의 암세포를 모두 제거할 수 있는 의학 기술이 언제 나올지 기약이 없다는 것. 그리고 아이스큐브 임대 보증금과 다달이 내야 할 월 임대료였다. 아내는 아파트 입주권을 팔았다.

"여보, 나중에 더 크고 좋은 아파트에 들어가자. 당신 깨어나서 암도 고치고 열심히 일해서 그렇게 해 줘."

그게 언제일지 기약 없는 약속이지만 나를 살리겠다는 아내의 마음은 진심이었다. 감동했다. 내가 이런 여자의 남편이라니.

"그런데 내가 너무 늦게 깨어나면 어떡하지? 암을 모조리 제거하는 기술이 늦어지면 말이야."

"걱정 마, 당신이 깨어났을 때 나 혼자 폭삭 늙어 있으면 나도 아이스큐브에 들어갈 거야. 그래서 당신이 나만큼 늙으면 그때 깨어날 거야."

아파트 입주권을 판매한 돈으로 아이스큐브를 임대하던 날 아내에게 말했다.

"내가 걱정하는 건 아이스큐브 계약 기간이야. 내가 너무 오랫동안 이 안에 있어야 한다면 재계약하지 말라고. 잠들어 있는 나에게는 한순간이지만 10년은 긴 시간이야. 계약 기간이 만료될 때까지 새로운 의학 기술이 나오지 않으면 포기해. 그래야 돼. 당신과 아이를 위해서"

아이스큐브의 임대 계약 기간은 최소 10년이었다. 그때까지 내 몸의 암세포를 제거할 의학 기술이 나타나지 않으면 재계약을 하든지 임대차 계약을 끝내야 했다.

"왜 부정적으로만 생각해? 당신이 빨리 깨어나면 아이스큐브를 재임대할 수도 있잖아."

아이스큐브의 기술이 상용화 되면서 임대차 3법의 제약을 받았는데 첫 번째가 아이스큐브의 재임대에 대한 것이었다.

[아이스큐브 사용자가 계약 기간보다 일찍 깨어날 경우, 남은 기간 동안 제3자에게 재임대할 수 있다. 이 경우 기존 계약자는 아이스큐브와 계약한 임대료를 계약 만료일까지 납부해야 하며 제3자는 기존 계약자와 합의한 임대료를 기존 계약자에게 지급한다.]

첫 번째 항목 때문에 아이스큐브 투기 열풍이 불었다. 토론 전문 유튜브 채널 '설왕설래'에서는 아이스큐브 재임대가 투기를 불러올 수 있다는 의견과 사용하지 않으면서 월 임대료를 내는 것이야말로 부당한 일이라는 의견이 팽팽히 대립했다.

그러자 두 번째 법이 만들어졌다.

[아이스큐브 임대는 정부에서 임명한 냉동 인간 심의 위원회의 심의를 통과한 자만이 할 수 있다. 현재의 의료 기술로는 치유가 불가능한 경우, 공공의 이익에 부합하는 경우, 심의 위원회에서 상당한 이유가 있다고 판단하는 경우가 이에 해당한다.]

그러자 이번에는 폭로 전문 유튜브 채널 '바로바

로'에서 가짜 의료 진단서와 심의 위원회의 부정에 대해 폭로했다.

[현재의 의료 기술로 치유 가능한 환자가 재임대를 목적으로 아이스큐브에 들어간 경우가 확인됐다. 이들은 겨우 1년 만에 깨어나서 나머지 9년 동안 상당한 금액으로 아이스큐브를 재임대하고 있다. 심의 위원회의 위원 중 일부도 이미 편법 계약을 마친 상태다.]

임대한 아이스큐브는 사유 재산에 속하므로 재임대를 할 때는 냉동 인간 심의 위원회의 심사를 받지 않았다. 그래서 뷰티와 성형을 위해서거나 지루한 이혼 숙려 기간, 범죄 공소 시효 완성 등 사람과 법으로부터 도피하기 위해 비싼 가격으로 아이스큐브를 재임대하는 사람들이 생겼다.

바로바로의 폭로 며칠 뒤, 자유주의 해커 연대 '퍼플 레인'에서 심의 위원의 편법 계약서를 인터넷에 공개했다. 그러자 심의 위원회의 제안으로 세 번째 법이 만들어졌다.

[아이스큐브 계약자가 정해진 기간보다 일찍 냉동 인간에서 깨어난 경우, 심의 위원회에서 정한 심의청의 심사를 받아야 재임대 자격이 주어진다.]

그렇게 아이스큐브 임대차 3법이 완성됐고, 나 역시 3년 동안 아이스큐브를 재임대할 수 있게 됐다. 그런데 예기치 못한 문제가 있었다. 내가 잠들어 있는 동안 아이스큐브의 종류와 수가 냉장고만큼이나 흔해진 것이다. 냉동 인간 유치 경쟁이 치열해지고 편법과 불법이 난무했다. 아이스큐브 임대차 3법은 유명무실해졌고, 두 번의 국회의원 선거와 두 번의 대선을 거치면서 냉동 인간 심의 위원회도 기업에서 임명하는 것으로 법이 바뀌었다. 냉동 인간 기업들은 다양한 요금과 파격적인 혜택으로 경쟁했다.

"뇌플렉스 단독 제휴! 뇌플렉스의 드림 콘텐츠 스트리밍이 당신의 꿈을 판타지로 만들어 드립니다."

사람들은 휴대전화 요금제보다 냉동 인간 요금제를 선택하는 데 더 많은 시간을 낭비했다.

'열심히 일한 당신, 판타지의 주인공이어라.'

사람들은 자신만의 판타지를 찾아 아이스큐브 속으로 들어갔고, 얼어 죽겠다거나 얼어 죽을 놈이라는 표현은 세상에서 사라졌다.

"아이스큐브에서 나와서 집에 가자마자 제일 먼저 나를 맞이한 건 탁자 위에 쌓인 각종 고지서였습니다. 아내는 괜찮다고 말했지만 저는 전혀 괜찮지 않았습니다. 내가 잠들어 있던 7년 동안 저와 딸을 지켰던 아내에 대한 미안함과 가장으로서의 책임감이 밀려들었습니다."

지문도 박사가 차트를 넘기면서 말했다.

"그것이야말로 지극히 정의롭고 당연한 마음입니다. 한 집안의 가장으로서 매우 정상적인 상태라고 할 수 있죠."

"무엇보다도 7년이나 보지 못한 딸이 아무런 거리낌 없이 저에게 안긴 것이 감동이었습니다. 열네 살이 된 딸에게는 저에 대한 기억이 가득했는데, 알고 보니 아내의 덕이었습니다. 추측과 가정에 의한 페이크 영상이었겠지만 딸의 성장에 맞춰 편집한 저의 모습을 수시로 보여 준 모양입니다. 그런 점에서 탁자 위에 쌓인 각종 고지서야말로 가장의 역할을 증명할 수 있는 축복이라고 생각했습니다."

나를 증명해야 할 축복들은 다양했다. 2년 뒤에 입주할 아파트 중도금, 남은 기간 동안 다달이 지불해야 하는 아이스큐브 임대료 3년 치, 사립 중학교에 다니는 딸의 등록금과 실용 외계어 학원비, 무중력 및 심해 수영 학원비, 원만한 인간관계 학원비, 신형 안드로이드 우선 구입 청약금, 화성 여행 청약 적금, 아내와 딸의 미용과 건강을 위한 K 뷰티 및 헬스 케어 비용, 아내와 딸의 중증 장애를 대비한 휴머로이드 보험금까지 내가 기억하는 것 외에도 몇 개가 더 있었다.

"정말 최선을 다해서 일했고, 최선을 다해서 돈을 벌었습니다. 지난 1년 동안 오직 아내와 딸을 위해서만 살았습니다. 남편과 아버지의 역할을 다하는 게 제 인생의 목적이니까요."

지문도 박사가 차트를 넘기며 말했다.

"들으면 들을수록 지극히 정상적인 가장이군요."

"아내와 딸을 볼 때마다 생각했습니다. 미안하다, 고맙다, 사랑한다. 내가 우리 집의 가장이다. 그러니 너희는 나만 믿어라. 아내와 딸은 저의 바람대로 저를 믿고 사랑했습니다. 그야말로 사랑이

꽃피는 가정이었죠."

이 부분에서 나도 모르게 어깨에 힘이 들어갔다. 뭐랄까, 가장으로서의 자부심이 빛나는 순간이었다.

"그런데 왜 갑자기 제 삶에 회의가 느껴졌을까요? 그러면 안 되잖아요. 아내가 저를 위해 얼마나 많은 희생을 했는데, 저는 겨우 1년입니다. 겨우 1년 만에 가장의 삶에 회의를 느끼는 건 너무 나쁜 마음이잖아요."

지문도 박사가 차트를 톡톡 치면서 지긋한 눈빛으로 나를 보았다.

"그러게 말입니다. 그렇게 가장의 책임감이 투철한 분이라면 냉동 인간 후유증에 걸릴 확률이 매우 희박합니다. 그렇지만 언제나 예외는 있으니까요."

"화성 여행은 언제 떠날 지도 모르는데 그걸 위해서 택배 회사 야간 알바까지 해야 하는지, 딸이 외계인을 만날 확률이 얼마나 될지도 모르는데 외계어 학원비를 벌기 위해 조기 출근 수당까지 챙겨야 하는지, 맙소사! 딸이 어떤 외계인을 만날지도 모르는데 '실용 외계어'를 배운다는 게 말이 됩니까? 아내와 딸은 건강을 유지하고 날마다 아름다

워지는데 나만 더 지치고 의미 없는 삶을 사는 것만 같습니다."

"그런 마음이 드는 건 강정만 씨의 탓이 아니라 냉동 인간 후유증의 전형적인 부작용 때문입니다. 누가 뭐라 해도 강정만 씨는 이 시대 최고의 가장입니다. 자부심을 가져도 좋습니다."

아내의 전화가 왔다. 토털 뷰티 & 헬스 케어 센터에서 새로 출시한 나노 코스메틱 제품을 사고 싶다는 내용이었다.

"운석에서 발견된 안티에이징 원소로 만든 제품인데 지금 특별 할인 기간이거든."

"알았어. 그런 거라면 놓칠 수 없지."

당장 노동 담당 매니저에게 전화를 걸었다.

"매니저님, 여름휴가와 상반기 연월차도 반납하고 싶습니다."

"강정만 씨, 그 부분은 이미 반납하셨습니다. 노동 시간을 더 연장하고 싶다면 하반기 연월차와 주말, 겨울 휴가가 남아 있어요. 어떤 걸 선택하시겠습니까?"

"그 시간을 모두 노동 시간으로 활용하면 초과 수당으로 얼마나 받을 수 있습니까?"

"너무 무리가 아닐까요?"

"괜찮습니다."

"정 그러시다면 전화 끊지 말고 기다려 보세요."

매니저가 계산한 초과 수당은 아내가 말한 나노 코스메틱 가격보다 조금 많았다. 남은 돈으로 모처럼 가족 외식을 할 수도 있겠다. 그러고 보니 주말도 없이 일하는 바람에 아내와 딸의 얼굴을 보기가 힘들었다. 아침은 회사 근처 편의점이나 24시간 해장국집에서 먹었고, 저녁은 야근 전에 사무실에서 배달 음식이나 패스트푸드로 때웠다. 아내가 자고 있을 때 퇴근했고 아내가 깨기 전에 출근했다. 같은 집에 살면서 아내와 딸의 목소리조차 듣기 힘들었다. 그래서 가끔 필요한 게 있을 때마다 걸려 오는 아내와 딸의 전화가 너무 반가웠다. 전화가 걸려올 때마다 나의 근무 시간은 늘어갔지만, 같은 공간에 살면서도 이토록 반갑고 애틋한 존재가 가족이라는 사실을 새삼 깨달았다. 친절한 매니저가 그간 내가 보인 성실성을 감안해서 하반기 초과 수당을 가불해 줬다. 돈이 들어오자마자 아내의 통장에 입금했다. 곧바로 아내의 하트 문자가 날아왔다. 나도 모르게 입꼬리가 올라갔다.

잠자코 기다려준 박사가 나를 보며 말했다.

"강정만 씨, 가장으로서의 자부심을 가지세요. 그럼 모든 게 해결될 겁니다."

상담을 마치고 병원을 나오는데 누가 나를 지켜보는 것 같았다. 신경과민인가 싶었지만 횡단보도를 건너는 순간 다시 나를 보는 시선이 느껴졌다. 횡단보도를 건너자 몇 미터 앞에 안드로이드 숍의 대형 쇼윈도가 보였다. 집으로 가는 방향과 달랐지만 일부러 쇼윈도 쪽으로 걸었다. 그리고 쇼윈도에 비친 내 뒤편을 살폈다. 지나가는 사람들 사이로 야구 모자를 쓴 30대 초반의 남자가 보였다. 수상했다. 나를 미행하는 게 분명했다. 누구지? 혹시 냉동 인간 후유증 때문에 환각을 보는 건가? 박사가 그런 부작용은 말해 주지 않았는데.

'일단 확인해 보자.'

점점 다가오는 야구 모자를 향해 돌아섰다. 그러나 나보다 먼저 야구 모자에게 다가간 사람이 있었다. 비슷한 또래로 보이는 또 다른 야구 모자 여자였다.

"자기야."

야구 모자 여자가 남자의 품에 덥석 안겼다.

"언제 왔어? 오래 기다렸어?"

"아니, 나도 지금 왔어. 나이스월드에서 가정용 AI 신상이 나왔다는데 여기에도 있을까?"

"들어가 보자. 신상 이름이 지니라던데?"

"응. 36개월 할부도 해 준대."

신경과민인가? 이것도 냉동 인간 후유증인가? 지문도 박사를 다시 찾아야 할 것 같다.

3

에드워드를 두 번째 만난 건 부계역 근처였다. 회사에서 정해 준 병원에서 건강 검진을 마치고 야근 대신 퇴근을 하던 길이었다. 잔뜩 흐린 초저녁의 부계역에서 구부정한 뒷모습의 후드 티를 발견한 순간 그가 밀고 가는 마트용 카트에 눈이 갔다. 카트 안에는 이전과 마찬가지로 파지 뭉치와 박스 쪼가리, 흙 묻은 물건들이 수북했고 에드워드의 발걸음도 이전과 마찬가지로 힘겨웠다. 근처 고물상으로 가는 길이겠지? 저걸 다 팔면 우유 하나 살 돈은 되려나? 문득 얼마 전에 뉴스에서 들었던 파지 줍는 노파의 말이 생각났다.

[우유는 비싸서 못 사 먹어요.]

 이름도 얼굴도 모르는 고물상 주인이 천하의 악당처럼 느껴졌다. 파지 줍는 노인들을 채찍질하고 고혈을 빨아서 자기 새끼들만 챙기는 너무나도 이기적이고 너무나도 가정적인 개새끼. 그러나 나는 알고 있다. 고물상 주인은 정해진 무게대로 정해진 돈을 주는 정직한 사업가라는 사실을. 최소한 그들은 파지 줍는 노인들에게 일거리를 주고 돈을 준다. 그런 점에서 진정 개새끼는 카트 위에 파지 한 장 보태지 못하는 방관자들이다. 이를테면 나 같은. 친친히 멀어지는 에드워드를 뒤따라갔다. 에드워드가 어디든 사람들 눈에 띄지 않는 곳으로 가면 지폐 몇 장을 손에 쥐여주고 다달이 파지 줍는 돈만큼만 지원하겠다고 말할 것이다. 그러니까 더 이상 파지를 줍지 말라고. 적선이 아니라 같은 지역민으로서 '지원'하는 것이라고 매우 건조하고 사무적으로 말해서 공적이고 당연한 일로 느끼게 할 것이다. 수북이 쌓인 고지서 위에 매우 가벼운 고지서 한 장 더 보탠다고 내 삶에 문제가 생기지는 않을 테니까.

에드워드가 부계역 근처 고물상으로 향했다. 지금의 코스라면 인적이 드문 좁은 골목길을 지나갈 것이다. 그때를 노려야 한다. 에드워드가 4차선 도로 앞에 섰다. 초록 신호가 들어오고 에드워드가 카트를 밀었다. 한 걸음 두 걸음 세 걸음……. 18, 17, 16, 15……. 에드워드의 발걸음보다 초록 신호등의 남은 숫자가 빨리 변했다. 에드워드가 횡단보도 가운데쯤 도착했을 때 초록 신호의 숫자는 5로 바뀌었고, 횡단보도에 걸린 자동차들은 에드워드를 들이박을 기세로 꿈틀거렸다.

"제가 도와드릴게요!"

신호가 붉은색으로 바뀌자마자 에드워드에게 달려들었다. 기막힌 타이밍이다. 좋아, 자연스러웠어. 에드워드가 천천히 고개를 들었다. 드디어 후드에 가려진 에드워드의 얼굴을 보는 순간이다. 주름진 얼굴에 듬성듬성 남아 있는 백발, 반쯤 주저앉은 눈꺼풀, 적당히 비겁해 보이는 눈동자, 바짝 마른 입술을 생각했다. 그러나 내가 본 에드워드의 얼굴은 단정한 40대 남자의 그것이었다.

"죄송합니다. 저의 신경 회로에 문제가 있어서 인간들의 교통에 불편을 드렸습니다."

사람이 아니라 안드로이드였어? 그런데 안드로이드가 언제부터 파지를 주웠지?

"그럼 조금만 도와주시겠습니까? 아, 제 이름은 에드워드입니다."

에드워드가 고물상 주인에게 파지와 잡동사니를 파는 동안, 몇 대의 안드로이드가 리어카와 카트에 버려진 가전제품과 파지, 빈 병을 싣고 들어왔다. 물에 젖은 파지는 전체 무게에서 물이 차지하는 비중을 꼼꼼하게 뺐고 가전제품도 기능 대신 무게로 가격을 정했다. 고물상 주인이 에드워드에게 천 원짜리 세 장과 조금 전에 들어온 가전제품을 건넸다. 그러자 에드워드가 가전제품을 분해해서 부품별로 늘어놓기 시작했다. 고물상 주인이 그 모습을 보면서 말했다.

"몇 년 됐어요. 안드로이드들이 고물상을 들락거린 지."

"그렇군요."

"예전에는 유기견이나 유기묘들이 문제였는데 가정용 안드로이드, 성인용 안드로이드, 의료용 안드로이드 또 뭐가 있더라? 하여튼 집집마다 안드로이드 하나씩은 있잖아요. 신제품은 계속 나오지, 새 걸 사자니 쓰던 것들은 처치 곤란이지 그러다 보니 히포콤에서 구입자에 대한 메모리만 싹 지우고 갖다 버리는 사람들이 많아졌어요."

히포콤(hippocom)은 뇌에서 기억을 담당하는 변연계 해마(hippocampus)와 컴퓨터(computer)의 합성어로 AI의 메모리와 CPU의 통합 기능을 하는 부위다.

내가 잠든 사이에 그런 일들이 있었구나. 그런데 아내는 왜 안드로이드 사자는 말을 안 했지? 비용 때문일까?

"그렇게 많은 안드로이드가 버려졌다면 정부에서 무슨 대책을 세워야 하는 게 아닐까요?"

"당연히 대책을 세워서 수거하기 시작했죠. 그런데 몇 년 전부터는 유야무야 방치하더군요."

"왜요?"

"아, 그거야 당연히……."

고물상 주인이 말을 멈추고 나를 빤히 바라보았다.

"거, 정말 몰라서 묻는 겁니까? 아이스큐브에라도 들어갔다 나왔어요?"

"네, 맞습니다. 나온 지 1년 됐습니다. 7년 동안 잠들어 있었죠."

"그럼 모를 수도 있겠네요. 하이고, 그나저나 남은 기간 동안 생돈 나가게 생겼네요. 요새 아이스 큐브 시세가 바닥이라서."

"열심히 벌어야죠."

"하긴 사람이나 안드로이드나 벌어야 사는 세상이니……."

고물상 주인이 나와 에드워드를 번갈아 보면서 말을 이었다.

"정부가 버려진 안드로이드를 방치한 건 다 필요가 있기 때문입니다. 저것들이 어떻게든 살겠다고, 산다는 말이 좀 이상하긴 하지만 어쨌든 아등바등 거리에 있는 쓰레기고 불법 폐기물이고 싹 다 주워서 고물상으로 가져옵니다. 덕분에 지자체에서는 청소 용역비가 줄고, 위험한 일도 마다 않고 뛰어드니 영세 업체도 갖다 쓰기 좋고, 성인용 안드로이드는 나름 또 거시기하게 쓰이니까 돈 없는 사내들한테 좋고. 가끔 고쳐 쓰겠다고 주워 가는 사람들도 있긴 한데 그건 백에 하나둘이고."

고물상 주인의 말을 들으면서 의문이 들었다.

"산다는 말이 이상하긴 하지만, 안드로이드들이 왜 그렇게까지 사는 거죠?"

혹시 고물상 주인은 그 이유를 알고 있을까?

"길바닥에 버려진 안드로이드의 히포콤에 남은 건 오직 '작동' 시스템뿐이에요. 속 편하게 작동을 멈추면 좋을 텐데 그걸 못 하는 거예요. 사람으로 치면 죽지 못해 사는 셈이죠."

안드로이드가 스스로의 작동을 멈출 수는 없다. 사람으로 치면 자살할 줄 모르는 거다.

"작동 시스템이 돌아가는 동안은 스스로를 유지하고 보수하기 위해 돈이 들죠. 그러다가 새로운 주인을 만나면 그 집으로 들어가는 거고, 아니면 더 이상 움직일 수 없을 때까지 에드워드처럼 사는 거죠."

에드워드가 가전제품 더미 속에서 몇 가지 부품을 요리조리 살폈다.

"에드워드, '골격 조인트 핀'으로 대체할 만한 것 좀 찾았나?"

고물상 주인의 말에 원형의 금속 부품을 챙긴 에드워드가 구부정한 허리를 돌렸다.

"당분간은 이걸로 대체할 수 있을 것 같습니다.

배려해 주셔서 감사합니다."

"하루 이틀 본 사이도 아니고. 다행이네."

"감사합니다. 사장님."

고물상 주인이 낮은 목소리로 내게 말했다.

"에드워드는 중추 신경계 메인 프레임이 고장 나서 허리가 굽었어요. 그거 하나 값이 신제품 값이니 저렇게 살다가 어디선가 멈추겠죠."

에드워드에게 어디 사는지 물었다. 그러자 에드워드가 대답 대신 내 이름을 물었다. 이름을 알려 주자 에드워드가 함께 가겠냐고 제안했다. 마침 집에는 아무도 없을 거라는 생각이 들었다. 아내는 토털 케어를 받을 시간이고 딸은 외계어 학원에 있을 시간이다. 그런데 외계어 학원에서는 어떤 외계어를 수업하는 걸까? 지구인과 소통하고 싶은 외계인이 따로 있는 걸까? 계룡산에 추락한 UFO에서 생존한 외계인이 학원이라도 차린 걸까? 충분히 가능성이 있다. 외계인이라도 생존을 위해서 노동을 해야 하니까. 그래야 살 수 있는 세상이니까. 어떤 일이 벌어지고 있든 외계어 공부를 하는 딸을 위해서 외계인이 지구에 왔으면 좋겠다.

"강정만 씨, 인간과 함께 걷는 게 얼마만인지 모

르겠습니다."

그래서 함께 가자고 한 건가? 이름까지 물어보면서?

"정확히 말하면 인간과 함께했던 기억이 없기 때문에 '얼마만'이라는 말에 모순이 있지만, 인간과 함께 걸으니까 좋다는 반응은 사실입니다."

"그래?"

"네. 그게 저의 목적이니까요. 인간과 함께하면서 인간을 돕는 것 말입니다."

그러나 인간은 너를 버렸어. 네 기억에는 없겠지만.

"인간들이 너를 원하지 않을 수도 있잖아."

"저의 중추 신경계 메인 프레임이 고장 나서 그런 것 같습니다. 돈을 모아서 중추 신경계 메인 프레임을 고치면 저를 필요로 하는 인간이 나타날 겁니다."

착각인가? 나를 바라보는 에드워드의 얼굴에 얼핏 미소가 스쳤다. 인간에게 버림받은 기억이 없다는 건 에드워드에게 다행이다. 그러나 그걸 알고 있는 나는 에드워드와 함께 걷는 게 불편했다.

"다 왔습니다."

에드워드와 함께 도착한 곳은 부서지고 무너진

재개발 지역이었다. 유리창이 깨지고 벽이 허물어진 주택가 곳곳에서 버려진 안드로이드가 하나둘씩 나타났다.

"데이비드, 인간과 함께 왔네요?"

20대 중반의 긴 머리카락 여자 안드로이드가 에드워드를 '데이비드'라고 부르면서 물었다.

"아프로디아, 나는 데이비드가 아니라 에드워드잖아요."

"아, 그렇죠. 미안해요. 이상하게 그 이름은 입력이 안 돼요."

"다른 안드로이드 이름은 실수하지 않잖아요. 왜 그런지 이유는 찾았나요?"

에드워드가 진심 어린 목소리로 물었다.

"모르겠어요. 에. 드으으. 워어어. 드······. 이것 봐요. 이 단어를 의식하면 발음도 어눌해져요. 히포콤에서 거부하는 것 같은데 이유를 모르겠어요. 안녕하세요. 저는 아프로디아라고 합니다."

아프로디아가 나에게 인사했다.

"혹시 제가 필요하시면 저렴하게 모실 수 있습니다. 저는 임신과 성병에서 안전합니다. 원하시면 안전 진단 데이터도 전송해 드리겠습니다."

아프로디아가 가슴을 내밀며 최대한 예쁜 미소로 말했다. 갑작스럽고 사무적인 아프로디아의 매춘 제안에 내가 당황하는 동안 에드워드가 끼어들었다.

"강정만 씨, 2세대 섹스 안드로이드 아프로디아는 다양한 체위가 가능합니다. 뿐만 아니라 남성 사용자의 성적 만족을 위한 페이크 감정 기능도 있습니다."

에드워드가 친절한 포주라도 되는 듯 아프로디아의 매춘을 거들었다.

"괜찮아. 네가 사는 곳이 궁금해서 따라왔을 뿐이야."

"정말 괜찮습니까? 지금 괜찮다고 말한 건 아프로디아와 섹스하는 게 싫다는 의미입니까?"

에드워드의 질문에 대답하기도 전에 아프로디아가 말했다.

"인간들의 괜찮다는 말은 그 의미가 모호한 경우가 많습니다. 저를 사용한 사람들 중 처음에는 괜찮다는 말로 거절한 사람의 비율이 85퍼센트입니다. 그래서 말인데, 데이비드의 주인이 되기로 했나요? 그렇다면 감사의 의미로 무료로 이용하셔도 좋습니다."

그새 에드워드라는 이름을 잊은 듯 아프로디아는 데이비드라는 이름으로 에드워드를 지칭했다. 그리고 에드워드의 주인이 생긴 걸 자신의 특화된 기능으로 축하해 주려 했다. 주인에게 버림받았지만 그 기억을 잃은 채 여전히 주인을 기다리는 안드로이드끼리 동병상련이라도 느끼는 걸까? 문득 아프로디아의 전 주인 이름이 에드워드가 아니었을까 생각했다. 그가 자신에 대한 기억을 지우는 바람에 에드워드라는 이름을 새로 입력하지도 기억하지도 못하게 된 건 아닐까? 바람이 불자 아프로디아의 긴 머리카락이 날렸다. 그러자 긴 머리카락에 가려져 있던 한쪽 눈과 이마에 화상 흉터가 나타났다. 아프로디아의 주인이 그녀를 학대했을까? 아니면 불의의 사고로 화상을 입은 채 버려진 것일까?

"그럼 정확히 말할게. 나는 에드워드의 주인이 될 마음도 없고, 너와 섹스를 할 마음도 없어."

아프로디아를 보내고 에드워드와 함께 재개발 지역을 천천히 걸었다. 걷다 보니 아프로디아 이전 모델도 보였고 가정용 안드로이드와 프렌드십 안드로이드도 보였다. 하나같이 자신들의 몸을 고치고 있었다. 어떤 안드로이드는 배를 연 채 그 안의 회로를 한 가닥씩 확인했고, 어떤 안드로이드는 기능이 정지한 팔을 어깨에서 뜯어내고 있었다. 파지를 줍고, 매춘을 하고, 하수구 청소를 하면서 낡고 부서진 몸을 보수하는 안드로이드들의 모습이 너무 자연스러워서 오히려 징그러웠다. 인간도 아닌 것들이 인간의 모습을 하고 악착같이 사는 모습이 혐오스러웠다. 안드로이드들을 모조리 부숴 버리고 싶었다. 그건 참을 수 없는 살인 충동이었다.

에드워드가 머무는 곳은 한쪽 벽이 허물어진 2층 연립 주택이었다. 실내에는 버려진 가구와 여기저기에서 주워 온 잡동사니가 가득했다.

"무엇이 필요할지 몰라서 모아 둔 것입니다. 이 중에서 적당한 것들을 골라 고물상에 팔거나 동료들과 물물 교환을 합니다."

"그렇구나."

그런데 정작 내 시선을 끈 건 벽에 붙은 커다란 브로마이드였다. 브로마이드 속에는 파란 하늘을 향해 45도 정도의 경사로 세워진 컨베이어 벨트가 있고, 그 끝에는 하늘을 향해 11시와 1시 방향으로 두 팔을 벌린 채 서 있는 사내의 뒷모습이 있었다. 브로마이드 하단에는 멋진 필체로 '스테어웨이 투 헤븐(stairway to heaven)'이라고 적혀 있었다.

"저건 원래부터 여기 있던 건가?"

"네."

브로마이드를 보는 에드워드의 얼굴에서 또다시 미소가 보였다.

"에드워드는 저게 마음에 드나 봐?"

"저기 적힌 그대로 천국으로 가는 계단이니까요. 언젠가 저 남자처럼 저기에 서고 싶습니다."

"왜?"

"저기가 어딘지는 모르지만 저 끝에 나를 기다리는 주인이 있을 것만 같아서요."

지기가 어딜까? 어디서 본 것 같은데 떠오르지 않는다. 아마도 에드워드는 저곳에 가지 못하고 기능이 멈추겠지.

에드워드가 진심 어린 눈빛으로 말했다.

"꼭 가고 싶습니다."

자신이 어떤 처지인지도 모르는 에드워드가 미웠다. 안드로이드 주제에 진심 어린 눈빛으로 말하는 게 싫었다. 에드워드의 진심을 참을 수 없었다.

"에드워드, 네가 특별하다고 생각해? 너는 길거리에서 줍는 폐지나 가전제품 같은 물건이야. 네 기억에서는 지워졌겠지만 너의 주인이던 누군가가 너를 버린 거라고. 신제품이 쏟아지는 세상에서 너처럼 낡고 망가진 안드로이드를 데려갈 주인이 나타날 거 같아? 데이비드, 부질없는 희망을 갖기보다 차라리 죽어 버리는 건 어때?"

젠장, 나까지 데이비드라고 말해 버렸다. 그러나 에드워드이든 데이비드이든 그게 무슨 상관이란 말인가. 무엇이라고 부르든 이놈의 안드로이드를 혐오와 말로 죽일 수 있다면 그렇게 하고 싶었다. 그러나 에드워드의 대답은 덤덤했다.

"저는 죽는 방법을 모릅니다. 히포콤에 입력된 프로그램대로 스스로를 보존하면서 주인을 기다리는 게 저의 의무이자 존재 이유입니다. 강정만 씨가 왜 그런 말을 하는지 이해가 되지 않습니다."

"그게 무슨 개소리야? 그냥 높은 곳에서 떨어지든, 아무것도 하지 말고 처박혀 있으면 죽게 될 거야. 너희 같은 것들은 그냥 죽어 버리는 게 낫다고!!"

"다시 말씀드립니다. 저희는 죽는 방법을 모릅

니다. 인간이 말하는 자살은 저희 히포콤에 없습니다. 오직 주인을 모시고 봉사하는 것이 저희의 자부심입니다."

"뭐라고?"

자부심이라는 말을 듣자 숨이 턱 막혔다. 탁자 위에 쌓인 각종 고지서를 처음 봤을 때도 솔직히 말해서 숨이 턱 막혔다. 가장의 자부심이라는 말로 까맣게 지우고 있었지만, 그때 느낀 건 아득한 절망이었다.

'그런데 왜 나는 탁자 위의 고지서들을 보고 축복이라고 생각했을까?'

안드로이드들이 하나둘 모여들었다. 아마도 내가 에드워드를 데려갈 거라고 판단한 것 같다. 팔이 빠진 안드로이드, 한쪽 눈알이 빠진 안드로이드, 에드워드보다 허리가 더 굽은 안드로이드, 목이 반쯤 돌아간 프렌드십 안드로이드, 다리를 저는 안드로이드가 미소를 지으며 나를 바라보았다. 그들의 표정에서 에드워드에 대한 부러움과 자부심이 느껴졌다. 숨이 막힐 것 같았다.

"강정만 씨 괜찮으십니까?"

"아니, 괜찮지 않아. 그런데 이 말은 믿을 수 있

나?"

"믿습니다. 괜찮지 않다고 말하는 경우는 93퍼센트가 진실이었습니다. 어디가 괜찮지 않으십니까? 제가 도와드리겠습니다."

"됐어. 나는 네가 봉사해야 할 주인이 아니야."

더 이상 이곳에 있을 수 없었다. 돌아가야 한다. 집으로 돌아가야 한다. 아내와 딸이 있는 즐거운 나의 집으로 돌아가야 한다. 안드로이드들이 걱정스러운 눈으로 나를 바라보았다.

'제발 그런 눈으로 나를 보지 마.'

갑자기 가시라도 박힌 듯 목에서 통증이 느껴졌다. 목에서 비린내가 났다. 피가 쏟아졌다.

4

"어떻게 집으로 돌아갔는지 기억이 나지 않습니다. 너무 혼란스러웠으니까요. 그 꼴을 하고서도 인간에 대한 믿음을 저버리지 못하는 아둔함은 차라리 구역질이 날 정도였어요. 게다가 그 말도 안 되는 자부심은 또 뭡니까? 인간에게 버림받은 것도 모르는 것들이 여전히 인간의 노예가 되겠다고 쓰레기 같은 삶을 살고 있잖아요. 모조리 죽여 버리고 싶었어요."

지문도 박사가 차트를 보면서 말했다.

"그래서 그 순간에 목에서 피가 났다는 거죠? 혹시 코나 귀에는 문제가 없었나요?"

생각해 보니 코와 귀에서도 피가 났던 것 같다.

"맞아요. 코와 귀에서도 피가 났어요."

지문도 박사가 차트를 보면서 살짝 인상을 찌푸렸다.

"목에 가시가 걸린 것 같은 고통을 느꼈고요?"

"네, 맞습니다. 이것도 냉동 인간 증후군인가요? 그것들 때문에 제 증상이 심해진 건가요?"

"문제는 원인이 아니라 결과입니다. 제 판단으로는 강정만 씨에게 나타난 현상은 '목에 걸린 가시고기 증후군'입니다."

지문도 박사가 차트를 덮고 목에 걸린 가시고기 증후군에 대해 설명했다.

"가시고기 수컷은 암컷의 알을 지키기 위해 목숨을 걸고 침입자를 공격합니다. 뿐만 아니라 가슴지느러미와 입을 사용해서 알에게 신선한 물을 끊임

없이 공급하고 청소합니다. 그러는 동안 자신의 생존을 위해서는 아무런 행동도 하지 않습니다. 삶에 대한 본능조차 알을 지켜야 한다는 수컷의 의무감을 이기지 못하는 셈이죠. 알이 모두 부화한 뒤에도 새끼와 암컷을 보호하는 수컷은 그들이 떠나고 나서야 혼자만의 죽음을 맞이하죠. 그래서 학계에서는 가장으로서의 과도한 의무감이 육체적 고통으로 이어지는 케이스를 '목에 걸린 가시고기 증후군'이라고 명명했습니다."

그가 주사에 약을 넣으며 말했다.

"이 주사를 맞으면 모든 게 해결될 겁니다."

"주사 한 방으로 말입니까?"

"물론입니다."

박사가 주사 바늘을 들이대자 비용이 걱정됐다.

"혹시 주사 비용이 얼마나 됩니까?"

"의료 보험이 적용돼서 거의 무료니까 걱정 안 하셔도 됩니다."

다행이다. 그가 내 팔에 주사를 놓는데 휴대전화가 울렸다. 주사를 맞자마자 스르르 졸음이 밀려들었다. 박사가 휴대전화를 받았다.

"여보세요?"

그는 나를 향해 미소를 지으며 휴대전화 너머 상대에게 말했다.

"준비됐습니다."

5

흔들리는 차 안에서 눈을 떴다. 정신을 차려 보니 승합차 뒷좌석이었고 팔과 다리가 결박된 채였다. 운전석과 조수석에 야구 모자 남녀가 있었다. 잠깐만…… 저 사람들 어디서 본 것 같은데? 그렇다. 얼마 전에 안드로이드 매장 앞에서 봤던 남녀다. 그렇다면 그때 내가 느꼈던 게 맞았다. 저들이 나를 감시했던 건가? 왜? 무엇 때문에?

"깼네?"

조수석의 야구 모자 여자가 나를 보며 말했다.

"여기가 어딥니까? 나를 어디로 데려가는 겁니까?"

야구 모자 여자가 대답 대신 궁금하다는 듯 물었다.

"그런데 어느 쪽이지? 회사원? 아니면 도망자?"

"그게 무슨 말입니까?"

"둘이 똑같이 생겨서 누가 누군지 헷갈려서 말이

야."

"뭐라고요?"

야구 모자 여자가 턱 끝으로 내 뒤편을 가리켰다. 내 뒤편에 누군가가 엎어져 있었다. 엎어져 있던 사내가 고개를 들어 나와 눈이 마주쳤다. 맙소사! 사내의 얼굴이 나와 똑같았다. 깜짝 놀란 나와는 달리 사내의 표정은 분노로 가득했다. 사내와 내가 서로의 얼굴을 보는 동안 야구 모자 남녀의 대화가 이어졌다.

"어느 쪽이든 뭐가 중요해. 어차피 둘 다 폐기될 텐데. 근데 이번 제품은 왜 이렇게 하자가 많지?"

"고객들 요구를 다 들어주는 회사가 문제라니까. 부작용 생각도 해야지. 지문도 박사가 과도한 기억 이식은 문제가 있을 거라고 경고했는데도 말을 안 듣는 게 문제지."

"회사 방침이 고객 만족, 맞춤 서비스잖아. 어쩔 수 없는 부작용이라고 생각해야지. 그나저나 고객님만 땡 잡았네. A/S 기간이 1년인데 회사원은 딱 1년 되기 직전에 반품이잖아."

"이번에는 '가장' 콘셉트 대신 '집사' 콘셉트로 교환할 거라던데."

Stairway to heaven

이것들이 도대체 무슨 말을 하는 거야?

"이봐! 당신들 지금 무슨 말을 하는 거야? 당장 이거 풀지 못해!!"

야구 모자 여자가 귀찮다는 듯이 대꾸했다.

"아무것도 모르는 걸 보니까 그쪽이 '가장' 콘셉트 회사원이구나. 이게 무슨 상황인지 궁금하면 뒤쪽에 있는 도망자한테 물어봐. 하자 수거할 때마다 일일이 설명하기 귀찮으니까."

고개를 돌리자 나와 똑같이 생긴 사내와 다시 눈이 마주쳤다. 사내가 가벼운 한숨을 쉬더니 말을 시작했다.

"이미 짐작했겠지만 너와 나는 복제 인간이야. 아마도 책임감 넘치는 가장의 기억을 이식받은 것 같은데 네가 알고 있는 너는 진짜가 아니야. 네가 가족이라고 믿었던 사람들도 가족이 아니라 복제 인간 기업에서 너를 구매한 고객이고. 나는 지역을 위해 봉사하는 삶이 최고의 선이라고 믿고 살았어. 그런 기억을 이식받았던 거지. 진실을 알고 보니 지역 주민들이 나를 공동 구매 했던 거였어. 한마디로 동네 머슴의 삶을 살았던 거지."

무슨 말을 하는지 알 수 없었다. 아니, 분명히 이

해했다. 나는 냉동 인간이 된 적도 없고 아내와 딸을 가진 적도 없다는 말이다. 모든 게 만들어진 기억이었다는 말이다.

"어느 날 나의 신념에 회의가 느껴졌지. 나는 그게 혼란스러웠고, 지문도 박사는 나에게 하자가 있다고 판단했어. 너도 지문도 박사를 만났겠지? 그자는 회사에서 고용한 외부 직원이야. 우리가 애초의 목적과 다른 심리 상태를 보이면 그에게 가게끔 무의식에 저장돼 있거든. 지문도 박사가 하자 판정을 내리면 저놈들이 우리를 수거해서 폐기하는 거야. 나는 그 과정에서 탈출했다가 다시 잡힌 거고."

"어떻게 그런 일이 있을 수가 있어. 어떻게 사람……"

'사람'이라는 말에서 멈칫했다. 내가 '사람'이 맞는지 의문이 들었기 때문이다.

"내 말이 무슨 소린지 이해했어?"

뒤편의 사내가 물었다. 무슨 뜻인지는 이해했다. 그러나 받아들인다는 것과 이해한다는 것은 다른 문제다.

아내는 웃음이 많은 여자다. 아내는 거짓말을 못한다. 그래서 장난으로 하는 뻔한 거짓말도 진짜라

Stairway to heaven 95

고 믿는 순진한 여자다. 아내가 나를 보고 웃을 때면 이 여자를 위해 못 할 일이 없을 것 같았다. 딸과 함께 셋이서 식탁에 앉을 때는······.

'그런데 셋이 식탁에 앉은 적이 있던가?'

퇴근하면 아내와 딸은 잠들어 있었다. 나는 차가 막히기 전에 일찍 출근했다. 그래서 출근할 때도 아내와 딸은 여전히 자고 있었다. 주말에도 수당을 벌기 위해 출근했다. 딸은 내가 아이스큐브에 들어 있을 때보다도 나를 더 못 본 것 같다. 그때는 가상이고 편집된 영상이었지만 실재하는 나는 그보다도 못한 가족이었다.

'가족에게 나는 무엇이었을까?'

가장의 자부심에 금이 간다. 가장의 자부심이라고 믿었던 건 혼자만의 배려와 공치사가 아니었을까? 가족을 위한다는 명목으로 나의 자존감만 세운 건 아니었을까?

'잠깐, 내가 지금 무슨 생각을 하는 거지? 나는 강제로 주입된 기억대로 산 것뿐이잖아. 지금의 이런 생각도 나의 생각이 아니다. 그렇다면 아무 생각도 하지 말아야 하는 건가? 나는 도대체 무엇이지?'

쾅! 갑자기 커다란 충격이 승합차를 때렸다. 나

와 뒤편의 사내가 허공으로 붕 뜨면서 승합차의 천장에 부딪혔다. 허공에 떴던 나와 뒤편의 사내가 정점을 찍고 떨어졌다. 으윽! 가슴과 허리에 통증이 밀려들었다. 머리 위에서 승합차 문이 활짝 열렸다. 승합차가 옆으로 쓰러졌기 때문이다. 파란 하늘에서 누군가의 목소리가 들렸다.

"괜찮아요?"

하늘에서 손이 내려왔다.

"우리는 반정부군 L&P, 러브 앤드 피스(Love & Peace)입니다."

사고가 아니었다. 나와 뒤편의 사내를 구하려는 반정부군의 테러였다. 승합차를 공격한 L&P는 모두 네 명이었는데, 그중 두 명은 야구 모자 남녀와 똑같은 모습이었다.

"당신을 수거한 야구 모자 남녀도 우리와 마찬가지로 복제 인간입니다. 다른 점이 있다면 진실을 알면서도 스스로 거짓된 삶을 받아들였다는 거죠. 두 분은 어떤 선택을 하실 건가요?"

뒤편의 사내는 반정부군에 합류하기로 했고 나는 아내와 딸이 보고 싶어졌다. 아내와 딸과 함께 갔던 성산 일출봉이 떠오른다.

'그때도 지금처럼 파란 하늘이 눈부셨는데……. 날씨가 너무 맑았는데. 그런데 그게 진짜 있었던 일일까? 내가 잠든 사이에 주입된 기억일 수도 있잖아.'

L&P 야구 모자 남녀가 운전석의 야구 모자 남녀를 끌어낸다. 잠시의 언쟁 끝에 L&P 야구 모자 남녀가 운전석의 야구 모자 남녀에게 권총을 쏜다.

"탕! 탕!"

야구 모자 남녀가 허리춤에 권총을 꽂으며 말한다.

"이 또한 저들의 선택이었습니다."

성산 일출봉이 보이는 카페 '오르고'의 정원에는 하늘을 향한 천국의 계단이 있다. 딸이 천국의 계단을 오르는 모습과 그 모습을 찍던 아내가 생각난다. 그리고 문득 그가 떠오른다.

'에드워드는 스테어웨이 투 헤븐(stairway to heaven)에 갈 수 있을까?'

L&P 야구 모자 여자가 나의 대답을 재촉한다.

"빅 브라더가 되어 버린 독재 정부와 싸우지 않을래요? 그래서 당신처럼 남의 인생을 대신 살아야 하는 복제 인간을 구하는 건 어때요? 우리가 당신을 구한 것처럼."

6

 L&P의 제안을 거절하고 아내와 딸을 찾아갔다. 그들이 나를 구매한 고객이든 수많은 사람 중 하나이든 중요치 않다. 내 안의 그들은 여전히 아내와 딸일 뿐이다. 누구도 그걸 부정해서는 안 된다. 제발 그러지 말기를……. 내가 믿는 진실로 말하자면 '냉동 인간'에서 깨어난 뒤로 가족과 함께 가장 긴 시간을 보냈다. '함께'라는 말이 서로를 본다거나 곁에 머문다는 의미보다는 조금 떨어져서 지켜본다는 의미이긴 했지만, 그 역시 내게는 문제 될 게 없었다. 나는 여전히 가족을 지키고 있었으니까.

 우리 집에서 가장 안전한 곳은 벽장도 아니고 화장실도 아니고 바로 내 방이다. 아내와 딸은 내가 그들을 지켜보는 동안 단 한 번도 내 방문을 열지 않았다. 며칠 뒤에 아내와 딸에게 '집사'가 나타났다. 가족과 헤어져야 한다는 아픔이 밀려왔다.

 '안녕, 그럼에도 불구하고 여전히 나의 소중한 가족이여.'

아내와 딸이 잠든 새벽에 방문을 열고 밖으로 나가다가 문틈에 옷이 뜯겼다. 1년 동안 한 번도 이런 실수를 한 적이 없었는데 마지막에 무슨 꼴인지 모르겠다. 뜯겨 나간 옷감에서 길게 늘어진 붉은 실이 문틈에 끼었다.

7

에드워드를 다시 찾았을 때, 그는 여전히 마트용 카트에 파지와 폐품을 수거하고 있었다.
"에드워드."
"강정만 씨."
"여전하군."
"꾸준히 유지 보수를 해야 하니까요."
"브로마이드에 있는 장소, 내가 알고 있는데 같이 가 보지 않을래?"
"네? 정말 그곳이 어딘지 아십니까?"
"응. 그런데 지금 출발해도 괜찮겠어?"
에드워드가 진심 어린 눈빛으로 말했다.
"네. 괜찮습니다."

에드워드를 차에 태우고 도시 외곽으로 향한다. 차창 밖 풍경을 보는 에드워드의 얼굴이 환하게 빛난다.

"정말 감사합니다. 솔직히 말하면 천국의 계단을 찾을 수 없을 거라고 판단했습니다."

"왜?"

"천국이 있다는 확신이 없으니까요. 천국에 대한 확신이 없으니까 그곳으로 가는 계단에 대한 확신도 없었습니다. 그렇지만 강정만 씨가 알고 있다니까 이젠……."

에드워드가 갑자기 입을 다문다. 나는 그 이유를 안다. 저 앞에 브로마이드 속에 있던 천국의 계단이 나타났기 때문이다. 파란 하늘을 향해 45도 경사로 세워진 컨베이어 벨트가 보인다. 높이가 100미터는 넘을 것 같다. 바닥을 구르는 철판에 '폐기물 처리장'이라는 글씨가 흐릿하게 보인다. 에드워드가 그걸 못 봐서 다행이다.

"오…… 정말이었군요. 강정만 씨, 정말 천국으로 가는 계단이 있군요."

에드워드와 함께 천국의 계단 앞에 선다. 컨베이어 벨트 앞에 노란 스위치와 빨간 스위치가 보인다. 노란 스위치를 누른다. 컨베이어 벨트가 무한 궤도를 그리며 돌아간다. 에드워드가 내 손을 잡는다. 에드워드와 동시에 발을 올린다. 컨베이어 벨트가 돌아가고 파란 하늘이 점점 가까워진다. 컨베이어 벨트가 정점을 향한다.

"강정만 씨, 저를 데려와 주셔서 감사합니다."

파란 하늘이 점점 가까워진다. 에드워드의 굽은 허리가 곧게 펴진다. 에드워드의 키가 쑥쑥 자란다. 에드워드가 내 손을 놓고 11시와 1시 방향으로 두 팔을 벌린다. 나도 11시와 1시 방향으로 두 팔을 벌린다. 목에 걸렸던 커다란 가시가 기침과 함께 바닥으로 떨어진다.

정점이다.

방을 나올 때 옷감에서 뜯겨 나간 붉은 실이 생각난다.

'아내와 딸은 내 옷에서 뜯겨 나간 붉은 실을 발견했을까?'

내 머릿속 함무라비

아아악! 오늘도 어김없이 목에 칼이 꽂히는 고통을 느끼며 침대에서 눈을 뜬다. 눈을 뜬 순간에도 꿈속에서 느꼈던 두려움과 고통은 고스란히 남아 있다. 천장을 바라본 채 손만 뻗어 침대 시트를 더듬는다. 축축하다. 공기 중에 희미한 비린내가 떠다닌다. 그제야 손바닥을 보면 검붉은 피가 질척하다. 칼에 찔린 목 줄기를 만지면 끈적한 것과 아까의 고통이 생생하게 느껴진다. 다행이다. 고통을 느낀다는 건 내가 살아 있다는 증명이니까.

 동물의 감각 중 가장 날카롭게 벼려지고 끝까지 둔해지지 않는 게 통증이다. 그러므로 통증은 생명의 파수꾼이다. 통증에 둔감해지거나 불감해지면 몸이 찢기고 잘려 나가는 동안에도 여전히 웃고 떠들다가 죽을 수 있기 때문이다. 목 줄기와 손바닥, 침대 시트와 온몸이 피투성이지만 이 또한 현실의 악몽이다. 밤새 꾸었던 악몽이 현실의 환각으로 이어진 것이다. 인간의 감각이란 감정만큼이나 얼마나 과장되고 왜곡되는가. 눈을 감고 천천히 심호흡을 한다. 깊게 마시고 낮게 뱉고 길게 마시고 천천히 뱉고……. 몇 번의 과장된 호흡이 이어지는 동안 몸이 건조해진다.

"연희 씨, 욕조에 물을 받을까요?"

내 몸을 실시간으로 점검한 가정용 AI '엔젤 아이'다. 엔젤 아이의 눈은 과장과 왜곡이 없다. 보이지 않는 내 몸의 내부까지 철저히 분석하고 판단한다.

"응."

대답과 동시에 눈을 뜬다. 머릿결을 쓸어 넘긴 손가락 끝이 축축해진다. 목 줄기를 적신 끈끈한 것 때문에 목에 붙었던 긴 머리카락이 목 뒤로 넘어간다. 그러나 이제 더 이상의 검붉은 피는 보이지 않는다. 이 끈끈함은 밤새 악몽에 시달리면서 흘린 땀이다. 아…… 하루라도 악몽에 시달리지 않는 날은 없는 걸까?

딴딴따라 딴딴딴. 집안 가득 익숙한 음악이 흐른다. 2025년 다국적 기업 '굿윌라이프'에서 출시한 엔젤 아이는 사용자의 몸 상태는 물론이고 SNS 내용과 이메일, 최근 스케줄을 바탕으로 기분까지 케어한다. 언제나 그렇듯 악몽에서 깨어난 나를 위해 엔젤 아이가 경쾌한 음악을 선곡한 것이다. 문득 굿윌라이프와 음원 저작권 협회 사이에 모종의 거래가 있는 것은 아닐까 생각한다. 대부분의 사람들이 아침에 일어날 때마다 다국적 기업의 AI가 선곡한 음악을 듣기 때문이다. 하루 동안 몇 곡의 음악만을 전 세계에서 선곡한다면 몇몇 사람은 막대한 저작권 수입을 거둘 수 있다.

"써니, 우리 팀 매니저한테 문자 보내. 몸이 안 좋아서 오늘 좀 쉰다고. 그리고 음악은 '시가렛 애프터 페어웰(cigarette after farewell)' 것으로 부탁해. 지금은 나른한 재즈가 필요하거든."

제품명이 엔젤 아이라고 해서 굳이 그렇게 부를 필요는 없다. 사용자마다 각자의 취향에 맞는 이름을 설정하면 된다. 나의 선택은 친구처럼 편하게 부를 수 있는 써니다.

"네, 연희 씨. 그런데 혹시 저의 선곡에 문제가 있나요?"

"아니야. 출근하지 않을 거니까 굳이 다운된 기분을 끌어올릴 필요가 없어서 그래. 오히려 조금 더 깊어지고 싶어."

엔젤 아이가 새로 선곡한 시가렛 애프터 페어웰의 〈텔 미 라이(tell me lie)〉를 들으며 욕조에 몸을 담근다. 따뜻한 기운이 온몸을 적시자 아까 느꼈던 통증이 되살아난다. 서늘한 칼날이 목에 박히던 순간이 떠오른다. 악몽을 꾸는 날이 길어질수록 고통의 기억도 깊어진다. 시간과 고통은 비례한다.

'게다가 너무 생생해……'

그러니까 악몽을 꾸기 시작한 건 한 달 전부터다. 어떤 날은 길거리, 어떤 날은 거실, 어떤 날은 남자 친구 정태 씨의 침실로 장소가 계속 변했다. 칼에 찔리는 위치도 목뿐만 아니라 가슴과 배, 허벅지 등 다양했다. 살인마는 등 뒤에서도 찔렀고 내 눈 앞에서도 찔렀다. 그러나 놈은 언제나 뿌옇게 흐린 실루엣으로 보였기 때문에 정체를 알 수 없었다. 확실한 것은 살인마가 가까이 다가올 때면 내 몸이 굳어 버린다는 것과 이제 곧 놈의 칼이 내 몸 어딘가를 찌르고 들어올 것이라는 두려움뿐이었다. 악몽이 반복되면서 두려움과 고통은 슬로모션과 연속된 정지 화면으로 이어졌고 내 의식은 그것을 기억했다.

'그래도 꿈은 꿈일 뿐이니까……'

그렇다. 꿈은 단지 꿈일 뿐이라고 생각했다. 그런데 회사에서 업무를 하는 동안에도 꿈에서 겪었던 일들이 떠오르기 시작했다. 그럴 때면 칼에 찔렸던 부위에 통증이 밀려들었고, 때로는 누군가 나를 감시하는 듯한 선뜩한 시선을 느꼈다.

'나한테 왜 이런 일이 벌어지는 걸까?'

욕조에서 몸을 일으켰다. 적당히 식은 물방울이 소스라치며 떨어진다.

"써니, 리플렉스."

리플렉스는 몸 전체를 시각화하는 홀로그램 거울이다.

"네, 연희 씨."

"얼굴부터 비춰 줘."

물기가 뚝뚝 떨어지는 머리카락, 비정상적으로 움푹 들어간 눈과 그 밑으로 길게 늘어진 다크서클, 해쓱해진 볼살 때문에 도드라진 광대뼈가 선명하다.

"전면 상반신부터 아래로."

얼굴 화면이 빠지고 물기에 젖은 쇄골이 드러난다. 어깨와 팔뚝 살들도 눈에 띄게 빠졌고 갈비뼈마저 곧 드러날 기세다. 이 정도면 리플렉스에 비친 내 몸은 육체가 아니라 몰골이라고 불러 마땅하다.

"연희 씨, 대관 팀 매니저 김희철 씨의 콘택트 요청입니다. 비대면 콘택트로 할까요?"

비대면 콘택트라니. 국어와 영어가 만나서 말도 안 되는 역설을 만든 셈이다.

"응."

오늘 출근이 어렵다고 했는데 굳이 연락이 왔다면 출근할 일이 생겼거나 재택근무라도 해야 할 급한 일이 생긴 게 분명하다. 리플렉스가 사라지고 직사각형의 작은 창이 열린다. 창의 각도는 내 얼굴과 목 언저리를 벗어나지 않는다. 비대면 옵션이므로 내 모습은 상대방에게 비치지 않는다.

"연희 씨, 안녕?"

룩북에서 튀어나온 듯 라인이 잘 잡힌 정장 차림의 김희철 매니저다.

"몸은 좀 어때? 미안, 급한 일이라서 어쩔 수 없

었어."

"좋진 않아요. 급한 일인가요?"

벌거벗은 상태로 대화하는 게 불편하지만 상대방이 보고 있는 건 검은 화면일 테니까 문제 될 건 없다. 불편함은 오롯이 내 몫일 뿐.

"요즘 들어 연희 씨 컨디션이 별로 안 좋아 보였는데 어디가 심각하게 아픈 건 아니야? 회사 내 사원 진료 센터에는 들러 봤어?"

김희철 매니저 뒤로 원 안에 삼각형이 들어간 회사 로고와 '스카이 뷰'라는 기업명이 보인다.

스카이 뷰는 디지털 장례식을 전문으로 하는 중소기업이다. 다른 기업들이 죽은 자의 기억과 생전에 남긴 SNS를 뒤져서 AI에 이식하는 기술에 뛰어들었을 때, 스카이 뷰는 가상 공간 장례식이라는 틈새시장을 노렸다. 죽은 자의 기억이 박힌 AI는 호불호가 확실히 갈렸지만 장례식장에 가지 않아도 되는 편리함은 상주와 하객 모두에게 환영을 받았다. 생각해 보면 2020년대 초반을 휩쓸었던 코로나19가 아이디어를 제공한 셈이다. 코로나19가 유행하자 장례식장은 물론이고 다중 모임이 전면 금지되었다. 사람들은 겉으로 아쉬움을 토로했지만 내면으로는 번거로운 모임에 참석하지 않아도 된다는 해방감을 느꼈다.

"진료 센터에 갈 정도는 아니에요. 그런데 무슨 일이죠?"

김희철 매니저가 미안하다는 듯 어색한 미소를 지으며 대답했다.

"다른 게 아니라 이벤트 홀에 참석할 인원이 필요한데 지금 가지고 있는 디자인만으로는 부족해서 말이야. 내일 오전 10시까지 급하게 좀…… 어떻게 안 될까?"

스카이 뷰는 가상의 장례식장을 제공하고 상주와 하객들 모두가 아바타를 이용해 참석하는 방식을 채택했다. 비록 실제는 아니지만 가상 공간을 통해 최소한의 성의와 예절을 갖추는 셈이니 상주와 손님 모두가 만족했다. 번거롭게 음식을 차리는 비용도 들지 않았고, 장례업체에 지급하는 비용도 들지 않았다. 이전의 장례식장에 비하면 거의 절반 가격으로 장례식을 치를 수 있게 된 셈이다. 김희철 매니저가 내일 오전까지 필요하다고 말한 인원과 디자인은 가상 공간 장례식장에 투입할 문상객 아바타들이다. 실제로 가상 공간 장례식장에 나타난 손님 중 절반 이상은 기업에서 만들어 준 문상용 아바타다. 아무리 가상 현실이지만 문상객들이 북적여야 상주들이 좋아하기 때문이다.

"몇 명이나 필요한데요?"

"상주 측에서 원하는 인원은 백 명 정도?"

"DB에 있는 인원들로 충분하잖아요."

2017년 말에 등장한 딥페이크 기술은 디지털 세상에서 진짜 같은 가짜 사람을 만들어 냈다. 진짜와 똑같이 만들어진 수십만 명의 얼굴과 목소리는 사진과 음성, 동영상 등 다양한 분야에서 활용됐다. 스카이 뷰에서도 작년까지 백 명이든 천 명이든 서비스 항목으로 문상객 아바타를 제공하고 있었다.

그런데 문제가 생겼다. 2032년 22대 대통령 선거에 나온 야당 후보의 섹스 동영상이 유튜브에 뜬 것이다. 사람들은 후보의 섹스 동영상이 떴다는 것뿐만 아니라 동영상에 나타난 상대가 수행 비서라는 사실에 또 한 번 놀랐다. 수행 비서가 후보와 같은 남성이었기 때문이다. 야당 후보의 지지율은 급락했고, 성 소수자들의 지지는 후보의 지지율 반등에 도움이 되지 못했다. 말 그대로 그들은 '소수자'

내 머릿속 함무라비

였으니까. 야당에서는 지지율에서 밀린 여당의 저열한 딥페이크 음해라고 반격했다. 인터넷에서는 야당 후보의 섹스 스캔들이 딥페이크 음해인지 아닌지에 대한 찬반 토론을 벌였다. 토론에 참가한 딥페이크 전문가들은 어려운 용어와 개념들을 쏟아냈다. 야당 후보를 지지하는 사람들은 딥페이크라고 믿었고, 여당을 지지하는 측은 진짜라고 믿었다. 끝내 결론은 내려지지 못했고, 주장만 남았다. 그리고 전통과 미풍양속을 열렬히 사랑하는 60대 이상 유권자들의 열렬한 지지를 받은 여당 후보가 22대 대통령에 당선됐다.

새로운 정부가 들어서서 '딥페이크 금지와 처벌에 관한 법령'이 발의되었다. 딥페이크를 경계하는 여당과 딥페이크에 당했다고 생각한 야당은 일사천리로 법을 통과시켰고, 딥페이크에 이용될 가능성이 많다는 이유로 이미 만들어진 디지털 인물들의 사용이 전면 금지됐다. 그래서 아바타를 만들기 위해서는 실재하는 실제 인물에게 저작권을 지급하고 그 사람의 얼굴과 음성을 사용해야 했다.

"갑자기 장례식이 하나 더 잡혀서 말이야. 서른 명 정도는 새로 만들어야 하는데……."

아까부터 계속 말꼬리를 흐리는 걸 보니 알아서 만들어 달라는 수작이다. 그런데 그 알아서가 문제다. 정부에서 법으로 금지했지만 디지털 세상에 퍼진 데이터를 일시에 없애기란 불가능하다. 그래서 이미 만들어진 딥페이크 인물들을 이용하는 곳이 많이 있었다. 음란물 동영상은 불법이지만 인터넷에서 음란물을 찾는 게 어렵지 않은 것과 같은 경우다. 물론 잘못 걸렸다가는 상당한 벌금을 물어야 하고 사안의 경중에 따라 재판까지 감수해야 한다.

"몇 번 이벤트 홀이죠?"

"응, 럭스 프라임(LUX PRIME)."

"제일 비싼 홀이네요."

"그러니까 말이야."

"알았어요. 시간 맞춰서 준비할게요. 남녀 성비는 어떻게 맞출까요?"

"실제 문상객 성비는 남성이 더 많아."

"그럼 여성 비율을 육십으로 잡을게요."

"고마워. 대신 오늘은 휴무가 아니라 재택근무로 인정할게."

잠시나마 김희철 매니저와 콘택트가 이뤄지는 동안 악몽을 잊고 있었다는 생각이 든다.

'코끼리를 생각하지 말라고 하면 코끼리가 생각난다.'

잊고 있었다는 생각을 하자마자 욕조가 붉은 피로 물든다. 이건 현실이 아니다. 이건 환각이다. 그러나 소름 끼치는 두려움과 피부 깊숙이 파고드는 고통은 참을 수가 없다.

'너무 생생해……'

몸이 굳는다. 혀가 굳어 써니를 부를 수도 없다. 분명 현실인데 꿈속처럼 고통스럽다. 누구라도 나를 깨워야 한다. 안 그러면 이대로 숨이 멎을 것만 같다.

"연희 씨, 정태 씨의 방문입니다. 현관을 열까요?"

마침 써니가 말을 걸지만 대답할 수가 없다. 마비된 혀뿌리가 움직이지 않는다. 혀를 사용하는 대신 가슴 속 공기를 밀어낸다.

"ㅎㅇㅇㅇㅇㅇ……"

목구멍에서 바람 빠지는 소리가 흘러나온다. 마침내 현관문이 열린다. 써니가 내 몸에서 밀어낸 공기의 울림을 '응'으로 알아들은 것 같다.

"연희 씨."

정태 씨 목소리다. 그러나 여전히 대답할 수 없다. 누군가 내 등에 칼을 꽂을 것만 같은 선뜩함이 밀려든다.

"연희 씨."

내가 대답을 안 하자 욕실 앞까지 다가오는 정태 씨의 발소리가 들린다.

"안에 있어? 들어간다."

문이 열리고 장식처럼 굳어 있는 나의 알몸과 정태 씨의 눈이 마주친다. 의아한 눈빛으로 나를 보던 정태 씨가 불안한 눈빛으로 내 어깨를 흔든다.

"괜찮아? 연희 씨 괜찮아?"

정태 씨가 흔들어 준 덕분에 몸이 풀린다.

"전에 말한 게 이런 거였어? 악몽이 현실에서도 고스란히 재현된다는 거?"

"응. 똑같지는 않아도 감각이 너무 생생해. 이렇게까지 몸이 굳은 적은 처음이지만."

정태 씨가 나를 꼭 안아 준다. 나는 정태 씨의 체온을 느끼며 안도의 한숨을 내쉰다.

"내가 집에 있는 건 어떻게 알았어?"

"연희 씨가 전화를 안 받아서 앱으로 확인했지."

며칠 전에 내 상태에 대해 정태 씨에게 하소연

한 적이 있다. 그때 정태 씨가 자신과 나의 휴대전화에 서로의 위치를 확인하는 앱을 깔았다. 나한테 무슨 문제라도 생길까 봐 걱정된다면서. 다른 사람 같았으면 악몽 따위 대수롭지 않게 웃어넘길 수도 있지만, 정태 씨는 진심으로 나를 걱정했다.

둘이 외출이라도 하고 싶지만 럭스 프라임을 채울 서른 명의 딥페이크 인물이 필요하다.

"정태 씨 미안해. 오늘 쉬기로 했는데 어이없이 재택근무가 됐네."

"괜찮아."

"쉬고 있을래? 얼른 끝내고 저녁은 밖에서 먹자."

"천천히 해. 나도 어제 늦게까지 일했더니 피곤하네. 소파에 딱 붙어서 쉴래."

정태 씨가 거실에서 쉬는 동안 이벤트 홀에 들어갈 딥페이크 인물들을 찾는다. 사이트를 서치하고 업무적으로 도움을 주고받았던 아이디들을 클릭해서 평범한 인물들을 카피한다.

*

스카이 뷰의 아바타 디자이너 유연희가 문상객 아바타를 만드는 동안 럭스 프라임 홀의 진짜 문상객 만수가 부고를 받는다.

[딩동~ 양철진 씨가 별세하셨습니다.]

단체 카톡 하단에 페이스 룩의 인터넷 주소 'www.skyview.facelook.co.kr'이 보인다. 만수가 주소를 누르면 기쁨, 노여움, 슬픔, 두려움, 사랑, 미움, 욕망의 아이콘들이 뜬다. '미움'을 클릭한다. 질투, 아쉬움, 미련, 그리움, 원망, 소망 등의 세부 항목들이 뜬다. 만수는 질투와 원망을 뺀 다른 항목들이 미움의 하위 개념으로 전혀 어울리지 않는다고 생각한다.

'도대체 나머지 단어들은 왜 넣은 거야? 미움에 그리움과 소망이라니······.'

만수가 취소 버튼을 누르고 '슬픔'을 클릭한다. 화면이 바뀌고 가늘고 긴 원통형의 500밀리리터 비커가 뜬다.

[비커에 담을 눈물의 양을 설정하세요.]

이제 만수는 친구의 죽음을 슬퍼할 겨를도 없이 비커에 담을 눈물의 양을 고민해야 한다.

 '이놈이 나랑 얼마나 친했더라······.'

 양철진은 만수의 고등학교 동창이다. 40년 가까이 알고 지낸 사이지만 근래에는 거의 왕래가 없었다. 한때 가장 친한 친구였지만 1년에 한 번 볼까 말까 하는 관계가 된 것이다. 생각해 보니 다른 친구들도 양철진과 별반 다를 바가 없다. 그래도 굳이 친구들 중에 순서를 매기자면 양철진이 가장 가깝다고 할 수 있다. 처음으로 소주를 함께한 친구도 양철진이었고, 복잡한 가정사와 서글픈 속내를 처음으로 털어놓은 친구도 양철진이었으니까. 양철진과 처음으로 한 게 많았는데 친구 중에 처음으로 죽은 놈도 양철진이 됐다.

 눈물의 양을 얼마로 정할까? 사내가 너무 많은 눈물을 흘리는 것도 야단스럽다. 모름지기 사내라면 절제가 매력 포인트다. 300밀리리터 정도가 적당할 것 같다. 만수가 비커의 300밀리리터 선을 손가락으로 터치하자 거기까지 눈물이 차오른다.

 두 번째 메시지가 뜬다.

[눈물의 농도를 설정하세요.]

 눈물의 농도는 1부터 7까지의 숫자로 표시된다. 슬픔의 양과 질을 모두 정해야 거기에 맞는 페이스룩이 결정된다. 눈물이 다 같은 눈물이지 무슨 농도까지 정해야 하나 싶지만 남들도 다 그렇게 하는데 만수라고 별 수 있을까? 또다시 만수가 고민한다.
 '얼마로 정해야 하나? 내가 이놈 덕을 본 게 있나?'
 생각해도 모르겠고 고민해도 모르겠다. 이럴 때는 역시 중간이 정답이다. 최고 농도가 짝수가 아니라 홀수라서 참으로 다행이다. 만수가 딱 중간의 4를 선택한다. 그러자 초록색이 뜬다. 그래, 300밀리리터 눈물에 중간 농도면 야박하다는 소리는 안 듣겠지. 만수의 기분이 한결 좋아진다. 역시 사람이란 사람의 도리를 다할 때 진정한 행복을 느끼는 법이다.

[결제하시겠습니까?]

만수가 결제 버튼을 누르자 300밀리리터의 초록색 눈물만큼 슬픈 만수의 아바타가 뜬다.

"삼가 조의를 표합니다."

*

서른 명의 아바타를 다 채웠더니 어느새 저녁 7시다. 겨울이라 그런지 5시가 넘어가자 해가 지기 시작했고 정태 씨는 침대에서 잠든 모양이다.

'미안하네……'

곤히 잠든 정태 씨를 보니 깨우기가 싫다. 어떡할까 하다가 정태 씨 옆에 눕는다. 악몽을 꾼 이후로 정태 씨와 함께 누운 적은 처음이다. 정태 씨의 따뜻한 체온이 느껴진다.

'따뜻해.'

이 사람 곁에서 잠들면 악몽을 꾸지 않을 것만 같다.

"써니, 수면 음악."

"네, 연희 씨."

눈을 감는다. 이제 곧 써니가 선곡한 수면 음악이 흘러나오겠지.

'……?'

그러나 나의 기대와 달리 아무 소리도 들리지 않는다. 눈을 감은 채 다시 한번 말한다.

"써니, 수면 음악."

"네, 연희 씨."

드디어 침실에 음악이 흐른다. 그런데 뭔가 이상하다. 리드미컬한 바이올린 선율을 기대했는데 음산한 분위기의 효과음이 신경을 긁는다.

"써니, 수면 음악 틀어 달라고 했잖아."

내 옆에서 자고 있는 정태 씨가 깨지 않게 조용히 말한다. 써니는 아무 대답이 없고 음산한 효과음은 계속 이어진다.

"써니, 음악 꺼!"

조금 더 큰 소리로 말했지만 써니는 여전히 대답이 없다.

"……!"

순간, 찌릿한 전율이 밀려든다. 꿈속에서 느꼈던 선뜩함이다. 악몽인지 현실인지 모르겠다.

지금 나를 도와줄 사람은 정태 씨뿐이다. 다행히 아직 내 몸이 굳지 않았다.

"정태 씨! 일어나 봐."

옆으로 누운 정태 씨의 몸을 흔든다. 정태 씨는 아무런 미동도 없다.

"정태 씨! 나 좀 도와줘!"

조금 더 거칠게 정태 씨를 흔든다. 그러자 정태 씨의 몸이 젖혀지면서 복부에서 피가 흐른다. 정태 씨의 몸에서 흘러나온 피가 시트를 적신다. 정태 씨가 부릅뜬 눈으로 나를 본다.

"아아아악!"

영혼이 빠져나간 눈빛이다. 지금껏 나를 죽인 놈의 환각 말고 다른 사람의 환각을 본 적은 없다. 악몽이 변하고 있다. 그렇다면 나도 생각을 해야 한다. 지금의 상황을 생각해야 한다. 정태 씨는 나를 만나러 왔다. 나는 조금 전에 일을 마쳤고 정태 씨는 침대에서 잠이 들었다. 그사이 아무런 사건도 없었다. 그렇다. 지금 내가 보고 있는 정태 씨는 환각이다. 잠들어 있는 정태 씨를 나의 뇌가 착각하는 것이다. 정태 씨는 깊은 잠에 빠져 있을 것이다. 그리고 나는 악몽과 현실 사이에 있다. 깨어야 한다. 그러지 않으면······.

'이제 곧 그놈이 들어와 나를 죽일 것이다.'

고통은 아무리 반복돼도 절대 무뎌지지 않는다.

고통은 나의 기억 속에서 깊어진다.

'도대체 나에게 왜 이런 일이 벌어지는 걸까?'

드디어 손잡이가 돌아간다. 서서히 문이 열리고 놈이 들어온다. 언제나 놈은 뿌연 실루엣으로 다가온다. 다만 놈의 손에 들린 날카로운 칼은 선명하다. 이게 현실이 아니라는 것을 알면서도 나는 묻는다.

"나한테 왜 이러는 거예요?"

"그걸 왜 나한테 묻지?"

매번 같은 질문과 같은 대답이다.

나는 두 번째 질문을 한다.

"당신은 누구죠?"

"너는 누구지?"

새로운 질문에 놈이 또다시 반문한다. 이건 이전까지 없던 일이다.

확실히 뭔가가 달라지고 있다.

대화를 이어 가기 위해 얼른 대답한다.

"나는 유연희."

그러자 놈의 실루엣이 변한다. 나의 착각일까? 조금 선명해진 것 같다.

"나는 스물여덟 살 유연희."

확실하다. 나의 대답이 길어질수록 놈의 실루엣이 점점 선명해진다.

"나는 스물여덟 살 유연희. 현재 스카이 뷰에서 아바타 디자인을 담당하고 있어요."

드디어 놈의 얼굴이 희미하게 보인다. 그런데…… 나는 왜 살인자를 놈이라고만 생각했을까? 희미하게 드러난 넓은 이마와 긴 생머리, 갸름한 턱선과 하얀 목덜미는 분명 여자다. 조금만 더 하면 여자의 눈과 콧날까지 드러날 것 같다. 나는 나에 대해 조금 더 말한다.

"여행을 좋아하고 가끔은 어려운 철학책도 읽어요. 뭔가 정신이 맑아지는 느낌이 들거든요. 그리고 취미는 스킨스쿠버예요."

뭐라고? 지금 내가 뭐라고 한 거지? 물이라면 질색인데 스킨스쿠버라니……

'내가 왜 이런 쓸데없는 거짓말을 하고 있지?'

여자가 묻는다.

"네가 읽은 철학책의 제목이 뭐지?"

"그건……"

생각이 나지 않는다. 내가 철학책을 읽은 적이 있었는지조차 의문이다.

'환각 속이라 기억에 문제라도 생긴 걸까?'

기억의 혼란을 겪는 순간 여자의 얼굴이 다시 흐려진다.

칼날이 목을 찌른다.

고통이 뇌를 파고든다.

"아아악!"

끔찍한 악몽이 끝나지 않을 거라는 확실한 절망이 뇌를 울린다.

*

스카이 뷰의 가상 장례식장 메인 넷은 얼핏 거대한 도서관을 연상시킨다. 일정한 간격으로 이어진 수백 개의 책장에 가로 20센티미터, 세로 30센티미터의 패널이 꽂혀 있기 때문이다. 가상 장례식장으로 사용 중인 패널에서는 형광 빛이 난다. 그중에서도 상앗빛 책장에 꽂힌 패널은 최고급 럭스 프라임 클래스의 가상 장례식장이다. 스카이 뷰가 가상 장례식장 사업을 하면서 내건 슬로건은 "돈 앞에 평등한 죽음"이었다. 누구나 적은 비용으로 가상 장례식 서비스를 제공받을 수 있다는 것이다.

그러나 이 말은 시작부터 모순이었다. 적은 비용조차 지불할 수 없는 사람들이 있기 때문이다. 게다가 시간이 지날수록 소비자들은 차별화와 고급 서비스를 원했다. 아바타의 디테일, 장례식장 배경 음악과 디자인, 유명인과 셀러브리티들의 아바타 등을 요구했다. 그래서 만들어진 것이 럭스 프라임이다. 이제 스카이 뷰의 새로운 슬로건은 "돈만큼 평등한 죽음"이 됐다.

럭스 프라임의 12열 144번째 칸, 양철진의 가상 장례식장 패널에서 투명한 빛이 반짝인다. 스카이 뷰의 대관 팀 매니저 김희철이 양철진의 패널을 꺼낸다. 투명한 패널 위로 미세한 진동과 신비한 빛깔이 흐른다. 스카이 뷰의 CEO는 그것이 죽음에 대한 경외감이라고 했다.

김희철이 양철진의 가상 장례식장 컨디션을 확인하는 동안 조문객들이 준비한 눈물의 양과 농도가 한쪽 그래프에 쌓인다. 그중 71퍼센트가 양철진의 가족에게 조의금으로 지급되고 나머지 29퍼센트가 스카이 뷰의 수수료로 빠져나간다. 김희철이 패널 상황을 홀로그램으로 띄우자 가상 장례식장 모습이 허공에 뜬다. 장례식장을 드나드는 빨, 주,

노, 초, 파, 남, 보 무지개 색 아바타들이 보인다. 삼원색과 오방색을 원하는 고객도 있고 이렇게 무지개 색을 원하는 고객도 있다. 가끔은 흑백의 색깔만을 고집하는 고객도 있지만 그건 스카이 뷰가 간섭할 바가 아니다. 각자의 슬픔에는 각자의 색깔이 있을 테니까. 머리 위에 만수라는 이름이 뜬 초록색 아바타와 다른 아바타들이 각자가 설정한 대화 프로그램으로 안부를 묻는다. 아바타들끼리 나눈 안부가 만수와 다른 조문객들의 스마트폰에 실시간으로 저장된다.

"남편의 장례식장을 찾아 주셔서 진심으로 감사합니다."

만수 앞에 양철진의 아내가 나타난다. 보라색 아바타의 진심 어린 목소리에서 미망인의 짙은 슬픔이 느껴진다.

'그래도 친구가 죽었는데 중간보다 조금 더 쓸걸 그랬나?'

미망인의 보라색 아바타를 보면서 감정이든 비용이든 인색한 사람으로 보이는 건 아닐까 싶어 만수의 마음이 불편하다. 감정 표현을 조금 더 진하게 해야겠다고 생각한다.

'추가 비용이 들겠지만 그게 나을 것 같군.'

어려서는 친구의 얼굴과 아들의 얼굴만 있으면 됐지만 자라면서 학생의 얼굴과 남편의 얼굴이 필요했다. 더불어 을에게는 갑의 얼굴이, 갑에게는 을의 얼굴이 필요했다. 그러나 가상 장례식장에서는 그런 얼굴들이 더 이상 필요 없다. 감정과 정성을 계량화된 수치와 색깔로 보여 주니까 그야말로 한 치의 오차도 없는 진실한 세상이 도래한 것이다.

만수는 갑작스러운 감정 기복이 타인에게 불편함을 줄 수도 있다고 생각한다. 그래서 초록보다 한 단계 높은 5단계 파란색의 농도를 선택한다. 감정을 바꿔야겠다고 생각하니 마음이 급해진다. 급하게 서두르다가 실수를 한 건가? 분명 '페이스 룩'에 다시 접속했는데 화면에 뜬 건 '페이크 룩'이다. 취소 버튼을 누르고 다시 페이스 룩에 접속한다. 그러나 화면에 뜨는 것은 여전히 페이크 룩이다.

"페이크가 아니라 페이스라고!"

만수가 계속해서 페이스 룩에 접속한다. 그러나 애초부터 페이크가 맞고 만수가 틀렸다는 듯 페이크 룩이 계속 뜬다. 페이스와 페이크 때문에 한참을 씨름하던 만수의 생각이 페이크 룩으로 옮겨 간다.

'어쩌면 내가 처음부터 페이크 룩에 접속했던 건가?'

한 번 더 접속하지만 역시 페이크 룩이다.

'하긴 페이크나 페이스나······.'

페이크와 페이스 사이에서 방황하던 만수가 입 모양으로 속삭인다. 그 소리가 만수의 입에서 귀로 공명한다.

"페이크 룩, 페이크 룩, 페이크 룩, 페이크 룩, 페이크 룩, 페이크 룩, 페이크 룩(fake look, face look, fake look, face look, fake look, face look, fake look)."

그러다가 문득 반정부 세력의 무차별 해킹이 문제라는 뉴스가 생각난다.

제기랄, 그놈들은 장례식장에서 뭐 주워 먹을 게 있다고······.

*

아아악! 비명을 지르며 눈을 뜬다. 습관적으로 여기가 어딘지 확인한다. 감미로운 바이올린 음악이 흐르는 거실이다. 후우······. 겨우 깨어난 것 같다. 시간은 오전 8시. 어느새 하루가 지났다. 그런데 정태 씨가 안 보인다. 소파에도 없고 침실에도 없다.

"써니, 정태 씨 콘택트 해 줘. 비대면으로."

"네, 연희 씨."

거울을 보나마나 지금의 내 모습은 엉망일 것이다. 정태 씨에게 보여 주고 싶지 않다. 콘택트 윈도우에 정태 씨의 얼굴이 뜬다.

"뭐야? 바쁘다고 그냥 가라더니 그새 보고 싶은 거?"

"내가 그랬어?"

"응, 점심 먹자마자 일해야 한다고 바로 등 떠밀었잖아. 근데 괜찮아?"

내가 그랬었나? 요즘의 내 상태를 생각한다면 내가 기억 못 하는 게 분명하다.

"그랬구나. 미안, 내가 좀 피곤해서……. 다시 연락할게."

9시 전까지 출근해야 한다. 서른 명의 조문객 아바타를 럭스 프라임에 넣는 작업은 회사 컴퓨터로 직접 해야 하기 때문이다. 서둘러 가방을 챙겨 밖으로 나간다.

"띠링."

승강기가 지하 3층 주차장에서 멈춘다. 붉은 립스틱을 바른 여자가 뒤따라 내린다. 그런데 저 여자가 언제 탔더라? 내가 타기 전에 이미 타고 있었나?

또각……. 또각…….

붉은 립스틱이 나와 같은 방향으로 따라온다.

'같은 구역에 주차했나?'

나는 B3-29열에 주차한 자동차를 스마트키로 열면서 다가간다.

또각……. 또각…….

붉은 립스틱이 여전히 따라온다. 이상하다. B3-29 열에는 다른 차가 없다. 문득 등 뒤로 불안감이 밀려든다. 자동차 유리에 비친 붉은 립스틱이 살짝 흐려진다. 맙소사! 붉은 립스틱이 꿈속의 그녀로 변한다. 어느새 날카로운 칼을 들고 있다. 또다시 꿈속인가? 아니면 현실에서 환각에 빠진 것인가? 용기를 내어 돌아본다. 처음이다. 여자의 얼굴이 이렇게 선명하게 보인 적은…….

그런데 이 여자…… 어디서 본 것 같다. 여자가 차가운 미소를 지으며 내게 다가온다.

"쌍년……. 네가 우리 오빠한테 꼬리를 쳐?"

내 머릿속 함무라비

바닥에서 차가운 바람이 올라온다. 바람에서 콘크리트 냄새와 비릿한 습기가 느껴진다. 이건 현실이다. 차라리 악몽이기를 바라지만 나는 알고 있다. 이건 진짜다.

"이봐요, 지금 무슨 오해를 하고 있는 것 같은데……."

여자의 붉은 립스틱에서 피비린내가 난다. 입술에 피를 칠했을지도 모른다는 생각이 든다. 여자가 칼을 겨누며 점점 다가온다. 이럴 때는 생각보다 행동이다. 여자에게 핸드백을 던지고 무조건 달린다. 운동화는 아니지만 플랫 슈즈를 신고 나온 게 천만다행이다. 뒤도 안 돌아보고 도망치면서도 붉은 립스틱이 하이힐을 신었다는 사실을 떠올린다. 이 역시 다행이다. 지하 주차장의 비상계단을 향해 달리는데 여자의 직감이 말한다.

'어쩌면 정태 씨와 관계 있는 여자일 수도 있다.'

정태 씨가 바람을 피운 건가? 저 여자가 정태 씨의 애인이고 바람피운 상대가 나일까? 아니면 그 반대일까? 아니다. 지금 그런 생각은 무의미하다. 남자 때문에 칼까지 들고 나타난 것을 보면 저 여자는 제정신이 아니다. 비상구 문을 밀고 들어가

지상을 향해 계단을 뛰어오른다.

"헉헉!"

악몽도 모자라서 현실에서마저 칼을 든 여자에게 쫓기다니. 살고 싶다. 이렇게 죽기는 싫다. 지하 2층을 지나는데 지하 1층 비상구가 열린다.

"으악!"

나도 모르게 비명이 터져 나온다. 지하 1층 비상구에서 튀어나온 붉은 립스틱이 달려든다. 저 여자가 어떻게 저기에서 나왔지? 놀람과 공포에 계단을 헛디딘다. 계단 모서리에 얼굴을 찧는다. 아악! 광대뼈가 깨진 것 같다. 그리고 나는 예상한다. 이제 곧 익숙한 고통이 내 몸을 찢으리라는 것을……. 고통을 짐작한다는 건 또 다른 고통이다.

"으아아악!"

여자의 칼이 내 등을 난자한다. 칼에 찔리는 순간만큼이나 칼이 뽑히는 순간의 고통도 크다.

"죽어! 죽어! 이 나쁜 년! 뒈져 버려!"

숨이 끊어지는 순간까지도 고통은 익숙해지지 않는다. 칼에 찔리는 순간뿐만 아니라 칼이 허공을 가르는 시간에도 고통은 이어진다. 이렇게 죽는 건가?

"나쁜 년! 광수 오빠는 내 꺼야! 내 꺼라고!"

뭐? 광수 오빠라고……? 여자가 말한 광수가 내가 아는 박광수라면 그는 이벤트 홀과 아바타를 의뢰한 손님이다. 공적인 만남 한 번과 두 번의 통화 이외에는 사적으로 차 한잔 마신 적 없다. 그렇다면 나는 남자 때문에 눈이 뒤집힌 미친년 때문에 죽는 건가? 기어이 미친년의 칼이 내 목을 파고든다. 드디어 고통이 멎으면서 어둠이 밀려든다.

'살아 있다.'

그건 분명 현실이고, 죽음이었다. 그런데 지금 나는 살아 있다. 마치 아무 일도 없었던 듯 여전히 나는 거실에 있다. 심지어 김희철 팀장이 말한 아바타도 아직 다 만들지 못했다. 정태 씨는 소파에 잠들어 있고 시간은 오전 11시다. 어떻게 된 거지? 징그럽게 긴 악몽을 꾼 건가? 정태 씨가 소파에서 일어난다.

"연희 씨, 일 많이 했어?"

분명 나는 정태 씨의 죽음을 보았고, 하룻밤을 잤고, 붉은 립스틱 여자의 칼에 찔려 죽임을 당했다. 너무나 생생한 기억들이 한낮의 악몽이었다니……. 개운한 표정의 정태 씨가 오히려 비현실적으로 느껴진다.

"정태 씨, 괜찮아?"

"뭐가?"

그러게……. 나도 왜 그렇게 물었는지 모르겠다.

"연희 씨, 괜찮아?"

정태 씨가 가까이 다가와 나를 빤히 본다.

"얼굴색이 안 좋아. 내가 잠든 사이에 무슨 일 있었어?"

"아니. 그냥 깜빡 악몽을 꿨나 봐."

사실은 당신이 잠든 사이에 두 번이나 칼에 찔려 죽었어. 그리고 앞으로도 몇 번이나 더 죽을지 모르겠어.

"오늘 연희 씨 집에 같이 있을까? 연희 씨가 악몽 꾸면 바로 깨워 줄게."

"응. 정태 씨가 곁에 있어 주면 괜찮을 거 같아."

아니다. 괜찮지 않을 것 같다. 그렇지만 정태 씨와 함께 있고 싶다.

"정태 씨, 나 좀 안아 줄래?"

정태 씨가 나의 어깨와 등을 감싼다. 따뜻하다.

"사랑해, 광수 씨……."

헉, 지금 내가 무슨 말을 한 거지? 나는 얼른 정태 씨의 표정부터 살핀다.

"정태 씨 미안. 꿈속에서 들은 이름인데 내가 아직 잠에서 덜 깼나 봐."

"아쉽네. 벌써 그 이름을 들었구나."

"응? 그게 무슨 말이야?"

정태 씨가 대답 대신 내 얼굴을 만진다. 정태 씨의 손이 떨린다.

"왜 그래? 정태 씨."

"연희야, 벌써 시간이 다 됐나 봐. 강미연이 깨어나고 있어. 그렇지만 괜찮아. 우린 또 만나게 될 테니까."

이게 무슨 말이지? 정태 씨의 얼굴이 싸늘하게 변한다. 지금껏 한 번도 보지 못한 얼굴이다.

"정태 씨, 무섭게 왜 이래? 내가 다른 남자 이름 불렀다고 이러는 거야? 강미연이 누구야?"

"강미연, 나를 위해서 조금 더 버텨 줬어야지. 벌써 당신을 리셋할 때가 됐잖아."

"리셋이라고?"

실내가 변한다. 벽이 사라지고 가구와 주방이 사라진다. 모든 것이 사라지고 온통 하얀 공간만 남는다.

"정태 씨, 이게 뭐야? 여기 어디야? 나 무서워."

두려움이 밀려든다. 내 앞에 리플렉스 거울이 나타난다. 그런데 거울 속에 비친 여자는 내가 아니다.

"이 사람 누구야?"

"이미 보지 않았나?"

그렇다. 거울 속 여자는 꿈속에서 광수 오빠를 부르며 나를 죽인 붉은 립스틱의 미친년이다.

"너잖아, 강미연."

"뭐라고?"

실내가 다시 투명한 유리 벽으로 변한다. 그러니까 지금 나는 사방이 유리 벽으로 막힌 공간에 갇혀 있는 셈이다.

"정태 씨, 나한테 왜 이러는 거야? 저 여자가 왜 나라는 거야?"

정태 씨가 사방의 유리 벽을 보면서 말한다.

"사방이 막혀 있고 빠져나갈 기약이 없는 곳, 그게 바로 지옥이래. 그러니까 너한테는 여기가 지옥이고 현실이야. 그렇지만 슬퍼하지 마. 나 역시 지옥에 갇혀 있으니까."

정태 씨가 무슨 말을 하는지 이해할 수가 없다. 이 또한 악몽이라면 빨리 깨어나고 싶다.

"처음 본 순간부터 연희를 사랑했어. 그녀가 누

구를 보든, 무슨 생각을 하든, 어디에 있든 상관없었어. 누군가를 사랑하는 데는 어떤 이유도 필요 없으니까. 나를 향해 환하게 미소 짓던 그 순간이면 충분하니까."

"그래, 정태 씨, 내가 유연희잖아. 정태 씨가 사랑하는 여자."

"아니야. 너는 강미연이야. 잘 들어. 이제부터 알려 줄게, 네가 어떤 지옥에 있는지. 네가 왜 지옥에 갇혔는지."

"나한테 왜 자꾸 강미연이래? 제발 그만해!"

버럭 소리를 질렀지만 정태 씨의 말이 진짜인 것 같다는 생각이 든다. 그래서 눈에 핏발까지 곤두선 정태 씨의 다음 말이 두렵다.

"너는 내가 사랑하는 연희와 다른 사람들을 무참하게 죽인 연쇄 살인마 강미연이야. 그게 바로 네가 지옥에 갇힌 이유야."

말도 안 된다고 생각한 순간 중년 남자의 등에 칼을 꽂는 붉은 립스틱의 홀로그램이 뜬다.

"잘 봐! 저 여자가 강미연 바로 너니까."

이어서 젊은 남자의 목과 가슴을 칼로 찌르는 붉은 립스틱과 거실에서 작업하는 유연희의 목을 칼로 그어 버리는 붉은 립스틱의 홀로그램에 뜬다. 홀로그램 속 피해자들이 칼에 찔릴 때마다 정확히 같은 부위에서 통증이 일어난다.

"아아악!"

더 이상 서 있을 수 없는 고통에 쓰러진다. 온몸에 통증을 느끼며 바닥을 긴다. 피해자들의 고통이 고스란히 전해진다.

"광수라는 남자는 일 때문에 연희와 알던 사이였어. 그런데 너의 망상이 아무 죄도 없는 연희를 죽였어. 너는 망상과 집착에 사로잡혀 사람들을 마구 살해한 연쇄 살인범이라고."

그랬나? 내가 그랬던가? 고통이 깊어질수록 머리가 맑아진다.

'내가 정말 유연희가 아니라 강미연이라고?'

그렇다면 유연희의 삶을 살았던 내 기억은 뭐지?

"CCTV에 네가 저지른 범죄가 고스란히 찍혔고, 가정용 AI 써니가 경찰에 신고했어. 경찰이 도착했을 때 너는 바닥에 주저앉아 있었어. 마약에 절은 채 말이야. 네가 무슨 끔찍한 짓을 했는지도 모르는 채!"

그렇다. 더 이상의 고통 대신 진짜 기억이 떠오른다. 사람들을 무참히 죽인 것도 기억난다.

'나는 강미연이다. 유연희 이전에 다른 사람들도 죽였다. 그리고 유연희를 끝으로 체포됐다.'

그런데 이 남자는 왜 내 곁에 있었을까? 이 남자와 함께했다고 믿었던 시간들도 유연희의 기억 속에 있던 것들이었나? 어디까지가 유연희의 기억이고 어디부터가 현실인지 혼란스럽다.

그런데 왼쪽 손목에 감긴 붉은 실이 보인다. 이게 왜 지금에야 보이지? 붉은 실……. 홍연…….그래, 기억난다. 정태 씨가 "홍연"이라고 부르면서 내 팔목에 감아 준 붉은 실. 그때 정태 씨는 이렇게 말했다.

—인연이 있는 사람들은 세상에 태어날 때 서로의 손에 붉은 실이 이어져 있대.

지금 내 손목에 감긴 붉은 실은 기억이 아니라 현실이다.

"내 손목에 감긴 붉은 실은 당신이 묶어 준 거잖아. 내가 가짜인 걸 알면서 왜 이런 짓을 했지?"

나를 바라보는 정태 씨의 표정이 복잡하다. 나를 증오하는 것인지 그리워하는 것인지 알 수가 없다. 다만 한 가지, 그가 고통을 느끼고 있다는 것은 확실하다.

'저 사람의 지옥은 나였던 걸까?'

정태 씨가 내 손목에 감긴 붉은 실을 천천히 푼다. 굳이 그렇게까지 천천히 풀 필요가 있을까 싶을 정도로 천천히⋯⋯.

"나는 너를 통해서 연희를 느꼈어. 연희의 기억을 가진 너는 완벽한 연희 그 자체였으니까."

정태 씨가 눈에서 투명한 렌즈를 뺀다.

"이걸 착용하는 동안은 네 모습까지도 연희로 보였어. 그래서 너를 저주하면서도 떠나지 못했어. 네가 있어야 내가 꿈꿔 왔던 연희와의 일상을 함께 할 수 있었으니까."

"그래서 당신 여자를 죽인 살인자 곁에서 함께 지냈다고?"

"네가 빼앗아 간 나와 연희의 미래를 함께한 거야. 나는 연희의 일상이 되어야 했어."

유리 벽이 열리고 검은 법복을 입은 중년 남자가 들어온다.

"강미연 씨, 당신은 피해자들의 고통을 이식 받은 채 살아가는 벌을 받는 중입니다. 2030년, 국회에서 피해자의 고통을 가해자에게 강제 이식하는 '내 머릿속 함무라비법'이 통과된 이후로 당신이 첫 번째 입소자입니다. 지금까지 당신의 기억은 다섯 번 이식되고 지워졌습니다. 이로써 피해자들의 고통을 다섯 번씩 경험한 셈입니다."

"그럼 이제 모두 끝난 건가요?"

"일단은 그런 셈이죠."

일단이라고? 그런 셈이라고? 불안감이 덩어리져 두려움으로 변한다.

"유연희 씨까지 한 번의 사이클이 끝났으니까 앞으로 아흔아홉 번의 사이클이 남았네요. 다음번 관리자는 첫 번째 희생자 김재국 씨의 아내, 구영희 씨네요. 지난번에는 구영희 씨의 아들이 관리했는데 이번에는 아내분이 신청을 해서요."

이정태가 자신의 손목에 감은 붉은 실을 흔들어 보이며 말한다.

"기다릴게. 나의 연희로 다시 돌아오는 순간까지, 매일매일 슬퍼하면서······."

그러지 말라고 말하고 싶은데 혀가 굳고 졸음이

밀려온다.

　유연희의 삶이 지워지고 드림 콘텐츠 스트리밍 기업 뇌플릭스가 떠오른다.

　"안녕하세요? 김재국 부장님."

　오늘부터 나는 뇌플릭스로 출근한다.

캐비넷99 -당신의 모든 순간들

ISBN	979-11-88660-63-6 (04810)
	979-11-88660-64-3 (세트)
1판 1쇄	2024년 12월 31일
지은이	김광민
발행인	김희재
책임편집	추태영
마케팅	김근형 강성삼
디자인	박소아
교정교열	김세나
펴낸곳	(주)올댓스토리
출판등록	2009년 11월 23일 제2009-000151호
주소	서울특별시 마포구 성지3길 67 4층
전화	02-564-6922
전자우편	cabinet@allthatstory.co.kr
홈페이지	www.storycabinets.net

- 캐비넷은 (주)올댓스토리의 임프린트입니다.
- 이 책의 판권은 지은이와 캐비넷에 있습니다.
- 이 책 내용의 전부 또는 일부를 재사용하려면 반드시 양측의 동의를 얻어야 합니다.
- 잘못된 책은 구입처에서 바꾸어 드립니다.

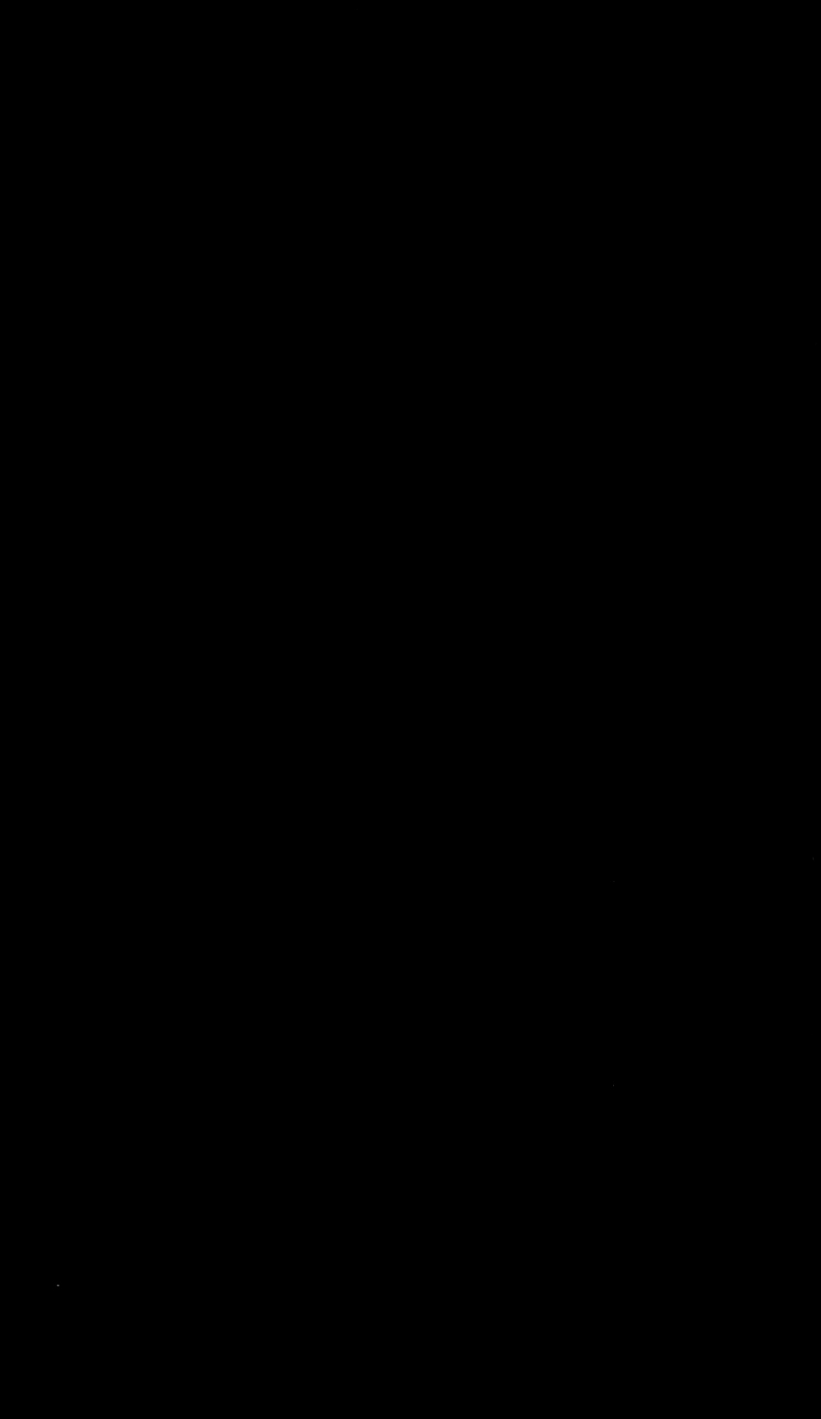